Alice
chez les Incas

Série *Alice*
dans la Bibliothèque Verte

Alice et les cerveaux en péril
Alice et la malle mystérieuse
Alice au Canada
Alice chez les Incas
Alice et les marionnettes
Alice au ranch
Alice et la rivière souterraine
Alice et le diadème
Alice et les Hardy Boys : super-détectives
Alice et l'œil électronique
Alice et le violon tzigane
Alice et l'ancre brisée
Alice et les chats persans
Alice et la diligence
Alice et les diamants
Alice et la bague du gourou
Alice et la réserve des oiseaux
Alice et le cheval volé
Alice et les magiciens

Caroline Quine

Alice chez les Incas

Traduit de l'américain par Anne Joba

Illustrations de Philippe Daure

L'ÉDITION ORIGINALE DE CE ROMAN A PARU EN
LANGUE ANGLAISE
CHEZ GROSSET & DUNLAP,
NEW YORK, SOUS LE TITRE :

THE CLUE IN THE CROSSWORD CIPHER

© *Grosset, & Dunlap, Inc., 1967.*
© *Hachette Livre, 1989, 2000.*
Tous droits de traduction, de reproduction
et d'adaptation réservés pour tous pays.

Hachette Livre, 43 quai de Grenelle, 75015 Paris.

Chapitre 1

Le singe à la queue tronquée

« Voilà le mystère que je te demande d'élucider, Alice. Nous l'appellerons le mystère du singe à la queue tronquée. »

Carla Ramirez, la jeune fille qui venait de parler, était une ravissante Péruvienne. Elle avait le teint mat, de grands yeux de velours noirs, des cheveux châtain foncé qui lui retombaient sur les épaules. Quel amusant contraste avec les yeux bleus, le teint clair, les cheveux blond doré de son amie Alice Roy !

Du geste, Carla indiquait un disque de bois, d'environ trente centimètres de diamètre, accroché au mur de sa chambre. Il était très ancien et on distinguait assez clairement des traits gravés dessus.

« Je vois la silhouette d'un singe dont on aurait coupé une partie de la queue, dit Alice. Plusieurs lignes vont de la croupe au bord de la plaque. Crois-tu que ce dessin nous fournisse la clef de quelque mystère ? Ou peut-être même nous conduise à un trésor ?

— Oui. Cette rondelle de bois est dans notre famille depuis trois cents ans, répondit Carla avec un joli accent espagnol. On la croyait disparue. Papa l'a retrouvée il y a une vingtaine d'années dans un coffre ayant appartenu à mon arrière-grand-père. Nous sommes persuadés qu'il s'agit d'un rébus que nul n'a pu encore déchiffrer. »

Alice examina avec attention le singe que l'on avait représenté le dos arqué, dans l'attitude de la marche.

« Et tu n'as rien vu, dit Carla. L'autre face est plus intéressante. »

Elle décrocha la rondelle et la tendit à Alice. Au centre on distinguait deux tracés semblables. Partant du milieu, un ensemble de lignes en spirale se prolongeaient vers l'extérieur de la plaque.

« C'est curieux ! fit Alice. Oh ! Carla, j'ai une folle envie de m'occuper de cette énigme. Hélas !

Comment pourrais-je réussir alors que tant d'autres personnes ont échoué ? »

Carla serra amicalement le bras d'Alice et sourit.

« Ce que j'ai entendu raconter de tes précédents exploits me porte à croire que ce ne sera pour toi qu'un jeu d'enfant. On ne cesse de vanter tes qualités de détective. Cela dit, une chose m'inquiète ; si cette plaque fournit des indices conduisant à un trésor enfoui depuis très longtemps, quelqu'un d'autre ne l'aura-t-il pas découvert avant nous ?

— C'est un risque qu'il faut accepter, répondit Alice. J'aimerais examiner, à l'aide de ma loupe spéciale, les inscriptions gravées sur ce bois. Veux-tu venir dîner à la maison ce soir ? Tu apporteras le disque.

— Voilà une excellente idée ! Je vais demander la permission à ma tante. »

Pendant son séjour à River City, Carla habitait chez un oncle et une tante, M. et Mme Franck, amis des Roy. Elle venait de passer avec succès un examen de secrétaire de direction et devait rentrer sous peu à Lima, chez ses parents.

Les deux jeunes filles allèrent au salon parler à Mme Franck.

« Je serais ravie que Carla aille avec vous, Alice, dit Mme Franck, mais à la condition, toutefois, qu'elle ne revienne pas seule. Elle a eu peur hier soir. Mon mari et moi, nous irons la chercher.

— Oh ! Ne prenez pas cette peine, répondit vivement Alice. Papa la ramènera. »

Mme Franck parut soulagée.

« Peut-être aimeriez-vous connaître la raison de

mon inquiétude ? Carla a été plusieurs fois suivie ces derniers jours.

— Par un homme ? » s'enquit Alice.

Mme Franck acquiesça de la tête.

« C'est plus sérieux que vous ne pourriez le croire, précisa-t-elle.

— Tante Muriel, je suis sûre que vous vous tourmentez sans raison », protesta Carla.

Mme Franck poursuivit ses explications.

« Hier, Carla a reçu un étrange avertissement. Dans une enveloppe se trouvait une feuille de papier sur laquelle on lisait : *Cuidado con el gato.*

— "Attention au chat", traduisit Carla.

— Et c'était écrit à la main ? demanda Alice.

— Non, à l'aide de lettres découpées dans un journal et collées sur la feuille, répondit Mme Franck.

— Nous ne comprenons pas, reprit Carla. Mon oncle et ma tante n'ont pas de chat et ceux du voisinage n'ont rien de féroce. »

Alice réfléchissait. Habituée à résoudre des énigmes, elle se dit qu'*El Gato* devait être un homme.

« Carla, ne crois-tu pas que ces deux mots pourraient se rapporter à un animal ou à une personne originaire de Lima ?

— Nous ne possédons pas de chat non plus, répondit Carla, et je n'imagine pas à quoi mon correspondant anonyme a pu faire allusion. En tout cas, je n'ai pas l'intention de me soucier de cela puisque je pars bientôt.

— Tu as raison », approuva Alice.

Elle proposa à son amie de partir avec elle tout

de suite car elle ne voulait pas rentrer trop tard chez elle. La maison des Franck se dressait au-dessus de la rivière Muskoka. Une pente assez raide conduisait à la rive. Tout en se dirigeant vers le cabriolet d'Alice, les jeunes filles admirèrent la couleur de l'eau. Carla portait la plaque de bois.

Soudain, elle buta contre une pierre, perdit l'équilibre et laissa échapper le précieux disque. Celui-ci vola en l'air, retomba sur le bord de la pente et se mit à rouler.

Carla poussa un cri de consternation.

« Oh ! il faut le rattraper ! »

Déjà Alice s'était élancée à la poursuite de l'objet ; comme elle se baissait pour le prendre, il heurta un rocher, rebondit et tomba dans l'eau à quelques mètres au-dessous.

Carla s'immobilisa sur place et ses yeux s'emplirent de larmes.

Sans hésiter, Alice se débarrassa de ses chaussures et plongea dans la rivière. Elle fit surface à peu de distance de la plaque que le courant emportait déjà. En quelques vigoureux mouvements de crawl, elle l'eut rattrapée, et saisie. Elle regagna aussitôt la rive où Carla l'aida à reprendre pied.

« Comment te remercier ? s'écria Carla. Quelle maladroite je suis d'avoir lâché ce disque ! Retournons chez ma tante, je vais te prêter des vêtements secs.

— Non, c'est inutile. Le trajet d'ici à chez moi n'est pas long. En fermant les vitres de la voiture, je ne prendrai pas froid. »

Un quart d'heure plus tard, Alice arrêtait son cabriolet dans l'avenue qui conduisait à sa maison.

La porte d'entrée s'ouvrit et, sur le seuil, apparut une femme d'âge moyen, au visage souriant. C'était Sarah, la personne qu'Alice aimait le plus au monde après son père. Depuis la mort de Mme Roy, survenue alors que la jeune fille n'avait que trois ans, Sarah avait veillé sur elle avec tendresse tout en s'occupant du ménage. Elle accueillit Carla avec beaucoup de gentillesse.

« Nous avons quelque chose d'intéressant à te montrer », dit Alice en se dirigeant vers la salle à manger.

Elle posa le disque gravé sur la table et monta se changer. Pendant ce temps Carla fournit quelques explications à Sarah. Moins de cinq minutes plus tard, Alice redescendait avec la loupe qui, si souvent, l'avait aidée à résoudre des énigmes.

« Regardez, dit-elle bientôt. Je distingue un mot, dans le bas à droite. C'est peut-être le nom d'une personne. Attendez, j'épelle : A-G-U-I-L-A-R.

— Comme c'est curieux ! fit Carla. Un de mes ancêtres se nommait ainsi. C'était un grand artiste. Je n'avais pas réussi à déchiffrer ces lettres. Il est vrai que je n'ai guère essayé !

— Sans doute est-ce lui qui a gravé ces dessins, dit Alice. Sais-tu ce qu'il est devenu ?

— Un beau jour il a disparu de Lima, où il demeurait, répondit Carla. Et on n'a plus jamais entendu parler de lui. »

Alice examina encore une face du disque mais ne put rien découvrir d'autre. Elle le retourna.

« Hum ! murmura-t-elle en se penchant pour mieux voir. Il y a là quelque chose qui m'intrigue.

— Quoi ? demanda vivement Carla.

— Au centre, les lignes verticales et horizontales sont formées par des lettres. Carla, essaie de reconstituer des mots, je t'en prie — ils doivent être espagnols. »

La jeune Péruvienne s'empara de la loupe et regarda au travers. Très excitée, elle s'exclama :

« Les quatre premières lettres font *mono*. C'est un des noms que l'on donne aux singes dans notre pays. Le reste n'est pas assez distinct. »

Certes, Alice ne s'imaginait pas avoir déjà élucidé le mystère ; un long chemin restait encore à parcourir.

Sarah interrompit ses méditations en l'invitant à mettre le couvert. Elle voulait servir de bonne heure parce qu'elle allait au cinéma avec une amie.

M. Roy arriva quelques minutes plus tard. Grand, distingué, il exerçait avec talent la profession d'avoué. Après avoir salué Carla, il écouta Alice lui exposer la nouvelle affaire qui venait de lui être confiée.

« Je me doutais bien que tu ne resterais pas longtemps inactive, dit-il en riant. Ce mystère ne sera pas facile à élucider.

— J'ai déjà fait un premier pas en avant, répondit Alice ; une sorte de grille de mots croisés devrait nous mettre sur la voie. »

Lorsque vint l'heure de raccompagner Carla chez son oncle et sa tante, la jeune Péruvienne dit à Alice :

« Garde le disque de bois. Tu pourras ainsi l'examiner à loisir.

— C'est me témoigner beaucoup de confiance, plaisanta Alice. Je ferai tout ce qui sera en mon pouvoir d'ici ton départ pour Lima. Toutefois, ne m'en veux pas si mes efforts se soldent par un lamentable échec. »

Les yeux si beaux de Carla brillèrent soudain.

« J'ai une idée, dit-elle. Pourquoi Bess, Marion et toi ne viendriez-vous pas avec moi en Amérique du Sud ? De cette façon tu disposerais de beaucoup plus de temps pour élucider le mystère du singe ?

— Quelle bonne idée, répondit Alice, et comme tu es gentille de nous inviter. Quand pars-tu ?

— Après-demain. »

Alice jeta un regard interrogateur à son père. Avant qu'il ait pu ouvrir la bouche, Carla reprit :

« Même s'il n'y avait pas de mystère à résoudre, je serais très heureuse de vous recevoir toutes les trois, vous avez été si gentilles de m'accueillir comme vous l'avez fait ! Mes parents m'avaient suggéré de vous inviter. Le Pérou est un pays très attachant. Vous visiterez les ruines d'anciens monuments incas et des palais espagnols, vous goûterez des mets exotiques et achèterez des objets que l'on ne trouve nulle part ailleurs. Je vous en prie, venez !

— Ce n'est pas l'envie qui m'en manque, s'écria Alice avec chaleur. Me le permets-tu, papa ? »

Une lueur amusée dans les yeux, M. Roy déclara :

« Comment pourrais-je refuser ? J'espère que Bess et Marion se joindront à toi. »

Alice s'engagea à leur téléphoner dès le lendemain matin.

Son père et elle ramenèrent Carla chez M. et Mme Franck auxquels ils firent une courte visite avant de rentrer chez eux.

« Je vais encore examiner la plaque à la loupe avant de me coucher, annonça Alice.

— Cela m'intéressera aussi de regarder ces étranges motifs », dit M. Roy.

Le seuil de la salle à manger à peine franchi, ils s'immobilisèrent, atterrés. Le disque qu'ils avaient laissé sur la table avait disparu !

Chapitre 2

Une savante prise de judo

« La précieuse plaque de Carla ! s'exclama Alice. On l'a volée ! »

Avec amertume elle se reprochait son imprudence.

« Ne te mets pas dans un état pareil, dit M. Roy ; il se peut que Sarah l'ait rangée quelque part.

— C'est impossible. Elle est sortie avant nous et je suis certaine que la plaque était sur la table quand nous avons quitté la maison.

— En ce cas, le mystère me semble plus sérieux que je ne l'avais cru d'abord, reprit l'avoué. Je crains que cet incident ne retarde votre départ pour Lima.

— Comment vais-je annoncer la mauvaise nouvelle à Carla ? » dit Alice, la gorge nouée.

Elle se dirigea vers le téléphone ; son père l'arrêta d'un geste.

« Je pense que nous devrions alerter la police. Mais, auparavant, il serait bon de faire le tour de la maison et de nous assurer qu'aucun autre objet n'a disparu. »

Ils ouvrirent les tiroirs à argenterie. Rien n'y manquait. Ensuite ils passèrent en revue le rez-de-chaussée et les chambres du premier étage. Pas le moindre désordre, pas le moindre signe suspect.

Alice et son père s'apprêtaient à téléphoner enfin à la police quand ils entendirent une clef tourner dans la serrure de la porte d'entrée. C'était Sarah qui revenait du cinéma.

« Bonsoir, dit-elle gaiement. Vous n'êtes pas encore couchés ? Le film était excellent. Je vous conseille d'aller le voir. Mais pourquoi ces mines sombres ?

— Sarah ! Il m'arrive une chose terrible, répondit Alice. On a dérobé le fameux disque de bois.

— Ma pauvre chérie ! fit Sarah. Je suis navrée de t'avoir causé une pareille inquiétude. Pendant l'entracte, je suis revenue ici en vitesse chercher une adresse que me demandait mon amie. J'ai vu sur la table le bois gravé et j'ai pensé que tu avais été très imprudente de ne pas l'enfermer dans un tiroir. Tu le trouveras sous une pile de draps dans le placard à linge. »

Pris d'un fou rire, M. Roy s'effondra dans un fauteuil.

« Bravo ! Sarah. Vous êtes plus avisée, plus réfléchie qu'un avoué qui se pique de sagesse et qu'une jeune détective réputée pour son flair, sa prudence, et cætera, et cætera... »

Son rire était si contagieux qu'Alice et Sarah s'y joignirent. Enfin, la gouvernante reprit son sérieux et proposa un bon chocolat chaud qui fut accepté avec enthousiasme.

Après une bonne nuit, Alice se réveilla, impatiente d'examiner de nouveau le disque de bois. Malgré de fréquents recours à un dictionnaire espagnol, elle ne découvrit rien de plus.

Elle prit son petit déjeuner en compagnie de son père et de Sarah puis téléphona à Bess et à Marion. Elle leur transmit l'invitation de Carla qui fut accueillie par des cris de joie.

« Aussitôt après ma leçon de judo, dit Marion, nous passerons te voir pour que tu nous racontes tout en détail.

— Tâche de faire des progrès rapides dans ce sport de défense, plaisanta Alice, car il y a un mystère sous roche.

— Je m'en doutais, répliqua Marion en riant, je te connais trop bien ! »

Deux heures plus tard, Bess et Marion arrivaient chez leur amie. Bess était une jolie blonde, dont le sourire et les fossettes accentuaient le charme. Très féminine, elle déplorait sa tendance à un léger embonpoint, mais fort gourmande elle remettait toujours au lendemain la décision de suivre un régime.

Marion était l'opposé de sa cousine. Brune, mince, sportive, elle aimait les vêtements simples et pratiques.

Le disque gravé les intrigua beaucoup.

« Ce singe me plaît énormément, dit Bess en riant. Il a été sculpté avec une gaucherie attendrissante.

— L'autre face me paraît plus intéressante, fit Marion. Quel dommage que les mots soient en partie illisibles ! »

Alice lui tendit la loupe. À ce moment, la sonnerie de la porte d'entrée retentit. La jeune fille alla ouvrir. Un homme d'environ trente ans se tenait sur le perron.

« Je désirerais parler à Mlle Roy, dit-il.

— C'est moi-même. »

Montrant un insigne épinglé sous le revers de son veston, l'homme se présenta :

« Inspecteur Harry Wallace, de River City. »

Alice le fit entrer dans le vestibule.

« Vous êtes invitée à me remettre une plaque en bois portant des inscriptions gravées, dit-il sèchement. Voici l'ordre de mission qui m'a été délivré à cette fin. »

Tout en parlant, il avait tiré de sa poche une feuille de papier qu'il gardait à la main pour que la jeune fille ne puisse pas la lire.

Bess et Marion avaient entendu. Elles vinrent rejoindre leur amie. Bess portait le disque.

« Je ne comprends pas, dit Alice. Cet objet m'a

été confié par sa propriétaire : pourquoi la police le réclame-t-elle ? »

Harry Wallace haussa les épaules.

« Je l'ignore et cela ne me regarde pas. Je me borne à exécuter les ordres. Donnez-moi cette plaque. Toute discussion est superflue. »

Son attitude agressive éveilla les soupçons d'Alice. Cet homme avait une expression déplaisante, sournoise et cruelle à la fois. Le regardant droit dans les yeux, la jeune fille déclara :

« Avant de vous la remettre, je vais téléphoner au commissaire Stevenson que je connais personnellement. »

Les yeux de Wallace lancèrent des éclairs.

« Inutile de tergiverser, mademoiselle. Donnez-moi tout de suite la plaque, sinon il vous en coûtera. »

Et avant que Bess ait pu prévoir son geste, il lui arracha le disque et se rua vers la porte — mais il ne l'atteignit pas. D'une prise habile, Marion le balança par-dessus son épaule et il atterrit à plat ventre sur la moquette.

Le voyant tout éberlué, Bess fut prise d'un rire inextinguible, ce qui ne l'empêcha pas de ramasser d'un geste vif la plaque qui avait roulé à terre.

Alice aida l'homme à se relever et avec autorité le conduisit jusqu'à la porte qu'elle referma derrière lui.

« Que dis-tu de mon habileté au judo ? demanda Marion.

— Je suis plongée dans l'admiration, répondit Alice, ironique. Maintenant parlons sérieusement ;

je me demande si ce n'est pas ce triste individu qui suit Carla depuis quelque temps.

— Et qui a envoyé l'avertissement à propos du chat, ajouta Bess.

— Possible », répondit Alice.

Sur-le-champ, elle téléphona à son ami le commissaire de police.

« Je n'ai donné à personne un pareil ordre, dit celui-ci. En outre, aucun de mes subordonnés ne s'appelle Harry Wallace. Pourriez-vous me décrire cet homme ?

— Il est grand et d'une minceur étonnante, il a les cheveux bruns et le teint mat. »

Elle s'entretint encore un peu avec M. Stevenson puis raccrocha.

« Le commissaire te félicite de tes exploits au judo », dit-elle à Marion.

Très fière, celle-ci se frotta les mains en déclarant :

« Gare au premier qui s'attaque à nous. Crois-tu que nous rencontrerons beaucoup d'autres Harry Wallace au cours de la nouvelle aventure dans laquelle tu nous entraînes, Alice ?

— J'espère bien que non, intervint vivement Bess. Tu sais que je me passe très bien d'émotions de ce genre. »

Les deux cousines quittèrent Alice et, dans la soirée, lui annoncèrent par téléphone que leurs parents les autorisaient à partir pour le Pérou.

M. Roy avait déjà retenu des places sur l'avion décollant le lendemain matin à destination de New York. De là un *jet* les emporterait vers Lima.

« Avec cet Harry Wallace en liberté, dit M. Roy, je préfère que vous quittiez discrètement River City.
— Mais comment ? demanda Alice.
— Ce soir, vous coucherez à l'hôtel de l'aéroport. Conduites par leurs parents, Bess et Marion s'y rendront chacune de leur côté : Carla sera accompagnée par son oncle. Quant à toi... »

M. Roy marqua une pause avant d'ajouter avec un sourire malicieux :

« Ned Nickerson ne vient-il pas dîner ce soir ? »

Alice rougit. Ned, étudiant à l'université d'Emerson, était son meilleur ami.

« Oui, je l'ai invité et si tu le permets, il m'emmènera à l'aéroport. »

Dès six heures, le jeune homme arrivait. Grand, le visage ouvert, le regard franc, il inspirait la sympathie.

« Alors, te voilà aux prises avec un nouveau mystère, dit-il à Alice. Comme j'aimerais vous accompagner toutes les quatre à Lima !
— C'est grand dommage que tu ne le puisses pas, répondit-elle. Heureusement j'aurai Marion, la championne de judo, pour me défendre en cas de besoin. »

Ned voulut examiner la plaque de bois. Il tenta de déchiffrer le rébus mais y renonça assez vite.

Peu après le dîner, Alice dit au revoir à son père et à Sarah. Très émue, la gouvernante lui recommanda d'être prudente.

« Tous mes vœux t'accompagnent, ma chérie, dit M. Roy. Nous attendrons ton retour avec impatience. »

Lorsqu'ils furent arrivés à l'aéroport, Ned descendit les deux valises d'Alice ; l'une d'elles contenait le disque gravé.

Au moment où Ned prenait congé d'elle, la jeune fille aperçut une lueur de tristesse dans ses yeux.

« Ne t'inquiète pas, dit-elle, je reviendrai bientôt saine et sauve.

— Permets-moi de te répéter les conseils de Sarah, fit-il en lui prenant les deux mains et en les serrant affectueusement. Prends soin de toi, ne te montre pas trop hardie.

— Je te le promets », répondit-elle.

Elle le suivit du regard tandis qu'il s'éloignait.

Un porteur monta les valises dans la chambre qu'Alice devait partager avec Carla.

La jeune Péruvienne l'attendait en compagnie de Bess et de Marion. Presque aussitôt la sonnerie du téléphone interrompit leur conversation.

« Seigneur ! s'écria Carla. Qui a découvert notre présence ici ? Pourvu que ce ne soit pas El Gato ! »

Alice prit le récepteur. À l'autre bout du fil une voix dit :

« Allô ! C'est vous, mademoiselle Roy ? M. Stevenson désire vous parler. »

La jeune fille se garda de confirmer que c'était bien elle et se borna à répondre :

« Passez-le-moi. »

Une seconde plus tard, elle entendait la voix familière de M. Stevenson.

« Alice, j'ai besoin que vous veniez tout de suite. C'est très important. »

Chapitre 3

Curieuse annulation

Alice informa ses amies du désir de M. Stevenson : il voulait la voir le soir même.

« Ils ont peut-être retrouvé Wallace, dit Marion.

— Comment vas-tu te rendre au commissariat ? demanda Bess.

— En taxi, répondit Alice. Il serait préférable que tu m'accompagnes, Carla. Après tout, tu en sais plus que moi sur cette affaire. »

Trois quarts d'heure plus tard, les deux jeunes filles entraient dans le bureau du commissaire. Sans perdre de temps, M. Stevenson fit amener un prisonnier et, s'adressant à Alice :

« Est-ce cet homme qui est venu chez vous et a prétendu être un inspecteur de police ?

— Oui, répondit-elle.

— C'est faux ! gronda Wallace. Je ne vous connais pas.

— Il a essayé de s'emparer d'un disque de bois ancien, de grande valeur, qui appartient à mon amie. »

En prononçant ces mots, elle s'était tournée vers Carla qu'à dessein elle n'avait pas encore présentée : elle espérait que le prisonnier se trahirait en l'entendant nommée.

L'homme prit un air buté.

« Je refuse de discuter », dit-il et, se tournant vers le commissaire, il poursuivit : « Vous n'avez pas le droit de me retenir. Je ne me suis rendu coupable d'aucun délit.

— Si vous avez besoin de témoins, monsieur Stevenson, intervint Alice, je peux faire venir deux amies qui identifieront Wallace. »

À ces mots, l'homme changea d'attitude.

« C'est bon, fit-il. Il arrive à tout le monde de se tromper, pas vrai ? Je n'avais pas reconnu Mlle Roy.

— Vous avouez donc avoir voulu voler le bois gravé ? demanda le commissaire en fixant l'homme d'un regard aigu.

— Non, répondit Wallace, j'ai simplement tenté de récupérer mon bien.

— Comment ! s'écria Carla, outrée. Comment osez-vous proférer un pareil mensonge ! »

Le prisonnier essaya de se défendre encore.

« Je dirige une société d'importation à New York. Je fais venir des articles du monde entier. Ce disque de bois m'a été envoyé d'Amérique du Sud ; on l'a volé dans mon magasin. Après l'avoir cherché partout, j'ai enfin découvert que Mlle Ramirez, ici présente, le détenait ; ensuite j'ai appris qu'elle l'avait confié à Mlle Roy. »

L'explication était si embrouillée et tenait si peu debout que le commissaire et les jeunes filles ne purent conserver leur sérieux.

« Et maintenant, Wallace, reprit M. Stevenson, si vous nous disiez la vérité, ne croyez-vous pas que ce serait plus intelligent... »

Le prisonnier garda le silence.

« Est-ce lui qui t'a suivie ? demanda Alice à l'oreille de son amie.

— Je le crois, sans oser l'affirmer », répondit-elle.

Alice s'approcha du commissaire, lui transmit cette information à voix basse et ajouta :

« Mlle Ramirez a également reçu une lettre anonyme, écrite en espagnol et dont voici la traduction : "Attention au chat." Wallace en est peut-être l'auteur. Qu'en pensez-vous ? »

Avant de répondre, le commissaire alla à un rayon chargé de documents, tira un gros dossier et, après avoir consulté l'index, l'ouvrit à une certaine page.

« Hum ! » fit-il à Alice en lui montrant du bout du doigt une note de service.

La jeune fille se pencha et lut un court rapport ; il concernait un dénommé El Gato — recherché par la police péruvienne.

Le commissaire s'adressa au prisonnier :

« Si vous ne voulez pas aggraver votre cas, je vous conseille de nous dire ce que vous savez sur El Gato. »

Surpris, Harry Wallace se balança d'un pied sur l'autre, ouvrit la bouche comme pour parler, se ravisa et pinça les lèvres. Enfin, il grommela :

« Pas la peine de vouloir jouer au plus fin avec moi. Vous essayez de me mettre une autre affaire sur le dos. Je ne sais même pas de quoi vous parlez. »

Après lui avoir conseillé de se choisir un avocat faute de quoi le tribunal lui en désignerait un d'office, le commissaire ordonna à ses adjoints de ramener le détenu dans sa cellule.

Alice et M. Stevenson discutèrent encore quelques instants. Carla avait une expression désolée.

« Je m'en veux d'être la cause de tant d'ennuis, dit-elle enfin.

— Vous avez tort, répondit le commissaire avec un sourire plein de bonté. C'est nous qui devrions vous remercier de nous avoir involontairement mis sur la piste d'El Gato, malfaiteur recherché par les polices internationales. Je vous souhaite à toutes deux un paisible voyage. »

Il leur serra la main et elles regagnèrent le taxi qui les attendait.

Elles furent accueillies à l'hôtel par Bess et Marion qui brûlaient d'impatience ; pourquoi Alice avait-elle été appelée au commissariat de police ? Leur curiosité fut vite satisfaite et les quatre amies se couchèrent sans autre incident.

Le lendemain matin, après un rapide petit déjeuner servi dans leurs chambres, les jeunes filles prirent l'avion pour New York où elles arrivèrent à midi. Elles se rendirent aussitôt chez la tante d'Alice, Cécile Roy. Celle-ci aimait beaucoup sa nièce — qui le lui rendait bien — et recevait avec plaisir les amies de sa nièce. Elle se montra très aimable avec Carla et sut la mettre à l'aise. La conversation s'anima lorsque les jeunes filles exposèrent le motif du voyage et les quelques données déjà acquises concernant le nouveau mystère qu'elles avaient la ferme intention d'élucider.

« Encore un rébus difficile, ma chérie, soupira Mlle Roy en regardant sa nièce avec tendresse. Puisque vous vous rendez à Lima, peut-être aimeriez-vous aller voir des expositions sur le Pérou ? Il y en a plusieurs : au musée d'Art moderne, au musée d'Histoire naturelle et au Metropolitan Museum. Vous auriez ainsi un aperçu de l'histoire et des monuments incas. Pendant ce temps, je ferais visiter un peu New York à Carla. »

Ce programme fut approuvé à l'unanimité.

Aussitôt le déjeuner achevé, Alice, Bess et Marion se rendirent au Metropolitan Museum. Elles écoutèrent avec un vif intérêt l'exposé du guide :

« Les Incas, Indiens de l'ancien Pérou, adoraient le Soleil. Celui qui les gouvernait était un personnage sacré et portait le titre de souverain ; il prétendait être fils du Soleil et tenir de ce dieu son pouvoir. Vous remarquerez que les ornements qui enrichissent les statues de ces chefs illustrent cette affirmation. »

Les jeunes filles admirèrent les statuettes d'argile,

les objets d'or, en particulier les colliers, les boucles d'oreilles et les bracelets rehaussés de turquoises ou de pierres semi-précieuses.

Bess tomba en arrêt devant les masques funéraires et apprit qu'ils n'étaient jamais posés sur le visage de la momie mais à côté.

« On n'en connaît pas la raison », précisa un homme qui se trouvait à côté des jeunes filles.

Une paire de bras et mains en or intrigua Alice. L'inconnu lui expliqua que c'étaient des gantelets que les prêtres portaient au cours de certaines cérémonies religieuses.

« Les ongles étaient en argent, ils se sont ternis, puis désagrégés », ajouta-t-il.

Les trois amies auraient bien aimé s'attarder encore mais l'heure avançait. Il était grand temps de rentrer.

Mlle Roy et Carla venaient à peine d'arriver quand elles sonnèrent à la porte de l'appartement. Au même moment le téléphone se fit entendre. Mlle Roy alla répondre.

« Sarah ! s'écria-t-elle. Comme je suis contente que vous ayez appelé. Rassurez-vous, Alice et ses amies sont auprès de moi et s'apprêtent à repartir d'ici peu. »

Il y eut un bref silence, puis elle reprit :

« Comment ? Que dites-vous ? leurs réservations ont été annulées ? Qu'est-ce que cela signifie ? »

Les jeunes filles se regardèrent, incrédules. Alice prit elle-même l'appareil et parla avec Sarah qui précisa :

« Un homme a téléphoné de l'aéroport pour nous prévenir. Il n'a fourni aucune explication mais il a insisté pour que je vous avertisse tout de suite. Depuis plus d'une heure, j'essaie en vain de vous joindre.

— Nous étions sorties, répondit Alice. Quelle mauvaise nouvelle ! Je vais voir comment arranger cela. »

Elle raccrocha, fronça les sourcils et dit :

« Je me demande si c'est un employé de l'aéroport qui est l'auteur de ce coup de téléphone. Il pourrait bien s'agir d'une ruse destinée à nous empêcher de partir. Il n'y a aucune raison d'annuler les départs aujourd'hui. Le temps est radieux. Les journaux n'ont pas annoncé de grève. La seule chose à faire est de téléphoner à l'aéroport. »

Son instinct ne l'avait pas trompée. On lui confirma que l'avion à destination du Pérou partirait à l'heure prévue.

« Qui a bien pu téléphoner à Sarah ? » se demandèrent les jeunes filles. Ce ne pouvait être Wallace puisqu'il était en prison. Aurait-il un complice ? Cette idée ne souriait guère à Bess.

« En tout cas, dit Mlle Roy, cet inconnu espérait, je pense, voler la fameuse plaque avant que vous ne quittiez les États-Unis. Pour cela, il fallait retarder votre départ.

— Il a manqué son coup... cette fois du moins », conclut Alice.

En embrassant les quatre amies, Mlle Roy leur recommanda d'être très prudentes. Elles le lui promirent.

Le lendemain, vers midi, le grand *jet* atterrit sur la piste de Lima.

Les jeunes filles montrèrent leurs passeports, soumirent leurs valises à l'inspection des douaniers et se retrouvèrent à la sortie où M. et Mme Ramirez les attendaient.

Les parents de Carla formaient un couple très sympathique. Tous deux étaient grands et bruns, avaient des traits réguliers et agréables. La ressemblance entre Carla et sa mère était évidente.

Ils montèrent tous dans l'auto familiale des Ramirez. Lorsqu'ils traversèrent le quartier résidentiel, les jeunes Américaines furent impressionnées par la beauté des villas et des jardins. Les larges boulevards ombragés étaient bordés de hautes grilles qui protégeaient les pelouses des propriétés.

L'élégante demeure des Ramirez se dressait au milieu d'un ravissant jardin dans lequel un arbre à feuillage persistant s'élevait à plus de six mètres. M. Ramirez apprit à Alice que c'était un queñar.

Bess s'extasia devant la statue, grandeur nature, d'un alpaga, animal de l'Amérique du Sud. M. Ramirez lui expliqua que c'était la reproduction en bronze doré d'un alpaga d'or qui se trouvait autrefois à Cuzco, sur la place située devant le Temple du Soleil.

« Hélas ! lorsque les conquérants espagnols sont venus, ils ont exigé une si grande quantité d'or que la capitale des Incas a été saccagée. Autrefois, on la surnommait "la Cité d'Or". »

Un délicieux repas fut servi dans une salle à manger somptueusement meublée dans le style espagnol. Ensuite Alice alla chercher le disque gravé et Carla résuma ce qu'elles avaient pu en déchiffrer.

« Bravo ! fit M. Ramirez. Vous avez bien travaillé. »

Alice le pria de lui donner des détails concernant l'histoire de ce disque.

« Hélas ! je ne sais pas grand-chose de plus que ce que vous en a dit ma fille, répondit M. Ramirez. Il a été remis un jour à un de nos aïeux par un jeune Indien inca ; il ne parlait pas l'espagnol et disparut aussitôt. Mon aïeul n'a sans doute pas attaché d'intérêt à ce présent qui, par la suite, fut égaré. Je l'ai retrouvé en triant les effets de mon grand-père, mais les motifs qui le décoraient n'ont pas retenu mon attention.

— Croyez-vous qu'autrefois quelqu'un a pu les déchiffrer ? demanda Alice.

— Cela m'étonnerait car s'ils avaient contenu un message, la tradition nous l'aurait transmis. »

Un silence suivit, rompu presque aussitôt par Carla qui proposa à ses amies de visiter la maison. Chaque pièce était un véritable musée. Les Ramirez possédaient des tableaux de grands maîtres espagnols, des coffres et des tables sculptées, des bibelots et autres objets d'art qui forçaient l'admiration.

Enfin, les jeunes filles retournèrent au salon. Carla prit la loupe qu'Alice avait apportée et se mit à examiner la plaque.

Tout à coup, elle s'écria :

« Je crois deviner une autre partie des mots croisés. »

Chapitre 4

Une aide inattendue

Tous se groupèrent autour de Carla. Elle leur montra la ligne verticale des lettres.

« Je lis *cola* — mot espagnol qui signifie "queue". »

Le visage d'Alice s'éclaira :

« *Mono cola* (la "queue du singe").

— C'est exact, approuva M. Ramirez. Mais qu'en déduisez-vous ? »

Personne ne put répondre à cette question.

« Pour une raison ou une autre, le señor Aguilar n'a pas pu dessiner toute la queue du singe, dit Bess, alors il a gravé le mot "queue".

— C'est une explication fort plausible, répondit le père de Carla.

— Il se peut aussi que cette espèce de singe ait une queue particulière, suggéra Marion. Pour le savoir, il nous faudra consulter des ouvrages sur les simiens. En avez-vous ici ?

— Oui, répondit Mme Ramirez, toutefois je peux vous dire que tous les singes ont des queues plus ou moins longues, excepté les gorilles et les chimpanzés.

— Alice, vous n'avez pas encore exprimé d'opinion, intervint M. Ramirez. Qu'en pensez-vous ?

— Puisque le mot "queue" est gravé, ce n'est pas sans raison que celle-ci est tronquée, répondit la jeune fille.

— Tu veux dire que, si nous trouvons cette raison, elle nous mettra sur la voie d'un trésor caché peut-être par notre ancêtre Aguilar ? demanda Carla.

— Oui. Et je crois aussi qu'il serait précieux de savoir quelle est l'essence du bois dont ce disque est fait. »

M. Ramirez eut un geste d'ignorance.

« À ma grande honte, je confesse n'avoir pas pris la peine de m'en informer, dit-il.

— Qui pourrait nous renseigner sur ce point ? reprit Alice.

— M. Jorge Velez. Il a un atelier dans lequel il façonne de très beaux articles en bois : plateaux, plaques, bols, coupes, couverts. Il vous dira tout de suite de quel arbre provient le disque. Et vous aurez en outre grand plaisir à visiter sa boutique. »

Alice voulait partir aussitôt. Mme Ramirez calma son impatience : le jeudi, M. Velez n'ouvrait qu'entre seize heures et dix-neuf heures.

Les jeunes filles montèrent dans la voiture de Carla à trois heures et demie ; elles emportaient le bois gravé soigneusement enveloppé. Carla se révéla excellente conductrice. La circulation était très dense dans le quartier des affaires où M. Velez avait son atelier.

« Quelle drôle de maison ! C'est une vieille construction espagnole, n'est-ce pas ? » demanda Bess en descendant de voiture.

Elle admira le motif rococo qui ornait le fronton d'une lourde porte en bois clouté.

Au moment où les jeunes filles entrèrent, deux hommes se trouvaient dans le magasin occupés à disposer de belles coupes en bois poli sur des étagères. L'un d'eux, le propriétaire, âgé d'environ cinquante ans, avait des traits finement burinés s'alliant bien à une moustache et à une barbe en pointe. Ses cheveux, rejetés en arrière, étaient longs et ondulés.

Les jeunes filles se présentèrent. M. Velez s'inclina.

« Que puis-je faire pour vous ? »

Il nomma son aide : Luis Llosa. Âgé de trente ans au plus, mince, très brun, les épaules voûtées, les bras poilus, Luis Llosa avait le regard fuyant et l'air maussade. Les deux hommes s'exprimaient couramment en anglais.

Alice retira le disque gravé du papier qui le protégeait.

« Pourriez-vous me dire de quel bois ceci est fait ? » demanda-t-elle.

L'artisan examina l'objet, enleva un mince éclat sur le côté et le regarda à la lumière.

« C'est un bois très ancien et très peu employé : de l'arrayán, dit-il enfin. Cet arbre ne pousse qu'en un seul endroit au monde.

— Ici, au Pérou ? » fit Alice.

M. Velez secoua la tête.

« Non, en Argentine.

— En Argentine ! s'exclama Alice, désolée.

— Dans quelle région exactement ? voulut savoir Carla.

— À l'extrémité de la péninsule qui touche au lac Nahuel Huapí. Vous devriez aller voir cette extraordinaire forêt d'arrayánes. On pense que ces arbres datent de la préhistoire ; ils sont les seuls de leur espèce. Il est interdit d'en prélever ne fût-ce qu'une branche. Sans doute, ce règlement n'existait-il pas au temps où le disque a été gravé. »

Carla s'étant mise à parler du mystère qui entourait le singulier objet, Alice remarqua que Luis Llosa s'était rapproché. Il tenait en main un bloc-notes sur lequel il dessinait les motifs. Vivement, la jeune fille reprit le disque de bois.

« Je regrette mais nous ne pouvons vous y autoriser. »

Marion avait, elle aussi, conçu des soupçons. L'homme lui déplaisait. D'un geste vif elle lui arracha le bloc-notes, déchira la feuille portant l'esquisse et le rendit à son propriétaire.

Luis Llosa lui lança un regard haineux et, après avoir grommelé quelques mots en espagnol, passa dans l'arrière-boutique.

Un silence suivit.

« Veuillez excuser cet incident, dit enfin M. Velez. Mon employé manifeste parfois une curiosité excessive. »

Assez gênée, Alice s'empressa de changer de sujet de conversation.

« Exportez-vous vos produits aux États-Unis ? demanda-t-elle.

— Oui, en particulier à New York. »

Une idée traversa l'esprit d'Alice.

« Auriez-vous un correspondant du nom de Harry Wallace ? dit-elle.

— Non », répondit-il sans hésiter.

Les jeunes filles firent quelques achats et s'en allèrent. De retour chez les Ramirez, Carla accrocha le bois gravé au mur, à l'endroit où il avait toujours été suspendu.

« Vous plairait-il de visiter un peu la ville ? » proposa-t-elle à ses amies.

Cette offre reçut un accueil enthousiaste.

« Je souhaiterais voir aussi des musées, dit Alice. Nous y trouverons peut-être d'autres objets ayant un singe comme motif décoratif. Qui sait si de cette façon nous n'apprendrons pas pourquoi notre singe a la queue tronquée ?

— En ce cas, allons au musée Rafael Larco Herrera », répondit la jeune Péruvienne.

Elles s'y rendirent aussitôt. À cette heure tardive, les salles étaient à peu près désertes. Il n'y avait que deux autres touristes, un homme et une femme.

L'homme, corpulent, le visage congestionné, brandissait une canne avec laquelle il désignait tel ou tel objet à l'intention de sa femme.

« Inutile de me montrer ce qui est beau, je suis capable de le voir toute seule, protestait-elle. Attention ! Tu vas heurter une de ces statuettes. »

Chaque fois, il répondait, avec un sourire supérieur :

« Ne sois pas si nerveuse. Je sais ce que je fais. »

Les jeunes filles visitèrent les diverses salles, contemplèrent des centaines de poteries, dans l'espoir de trouver un motif représentant un singe.

Elles virent des récipients de toutes sortes ; certains étaient très simples, d'autres étaient ornés de figures d'animaux.

Des pièces d'orfèvrerie étaient exposées dans des vitrines.

« Venez, appela Bess qui s'était un peu éloignée de ses amies. Avez-vous jamais vu des boucles d'oreilles de cette taille ?

— Elles pèsent au moins une tonne ! » fit Marion en regardant d'immenses disques de cuivre enrichis de turquoises.

À ce moment, les jeunes filles entendirent les voix du couple de touristes. De nouveau la femme répétait à son mari de ne pas lever sa canne.

Alice, Carla et les deux cousines réprimèrent avec peine un fou rire. Bientôt, elles pénétrèrent dans un étroit passage bordé d'étagères remplies de poteries anciennes que l'homme et la femme regardaient. Ils ne virent pas approcher les jeunes filles.

« Oh ! Une cruche en forme de singe ! » s'écria soudain Carla.

Alice la rejoignit sur-le-champ. Au même instant, l'homme pointa sa canne vers le haut et heurta au passage le singe qui bascula et tomba sur la tête de Carla.

Tous retinrent leur souffle.

Chapitre 5

Une dangereuse monture

Alice bondit en avant et réussit à saisir la cruche au vol. Un soupir de soulagement s'éleva, unanime.

La femme fut la première à reprendre ses esprits et, sous l'emprise de la colère, se mit à crier :

« Cette canne causera ma mort ! Donne-la-moi ! »

Elle voulut l'arracher à son mari mais il était bien résolu à ne pas s'en séparer.

La querelle fut interrompue par l'arrivée d'un gardien qui, poliment mais fermement, pria le couple de sortir.

Après leur départ, les jeunes filles rirent de bon cœur.

« Si j'avais un mari comme celui-là..., dit Bess.

— Ou une femme comme celle-là... », soupira Marion.

Alice tenait toujours la cruche en forme de singe. Le gardien l'invita à la remettre sur l'étagère, croyant qu'elle l'y avait prise. Marion lui expliqua alors ce qui s'était passé et l'homme félicita Alice de la rapidité de ses réflexes.

À loisir les jeunes filles examinèrent la poterie. La tête de l'animal formait saillie sur le devant tandis que sa queue était simplement peinte en arrière, sur la paroi.

« Quelle conclusion en tires-tu ? demanda Carla comme Alice remettait la cruche à sa place.

— Aucune pour l'instant. »

Les amies reprirent bientôt le chemin de la maison. La coutume, en Amérique du Sud, veut que l'on dîne assez tard. En attendant que le repas fût servi, Alice, Bess et Marion restèrent au salon en compagnie de Carla et de ses parents. Une conversation générale s'engagea.

Après avoir écouté le récit que fit Alice de leurs récentes aventures, M. Ramirez lui demanda :

« Avez-vous arrêté un programme ? Comment entendez-vous procéder pour élucider ce mystère ? »

Un éclair de malice brilla dans les yeux de la jeune fille.

« J'ai bien une idée, mais elle est irréalisable, dit-elle.

— Allons, allons, rien n'est impossible, répondit son hôte avec un sourire. Dites-moi ce que vous avez en tête.

— Un voyage en Argentine pour voir la forêt d'arrayánes. »

Marion et Bess se regardèrent, gênées : vraiment, leur amie exagérait !

À leur vive surprise, la demande d'Alice ne parut pas embarrasser le moins du monde M. Ramirez. Il apprit aux jeunes Américaines que la société qu'il dirigeait possédait un avion privé.

« Or demain je dois l'emprunter pour me rendre avec plusieurs chefs de service à une conférence qui se tiendra assez près de cette forêt. »

M. Ramirez précisa que la conférence durerait trois jours et qu'il participerait de plus à un tournoi de golf.

« L'avion se posera à l'aérodrome de Bariloche et, de là, notre groupe gagnera l'hôtel en auto. Il y a de la place pour vous quatre — si toutefois cela vous tente de vous joindre à nous ? » conclut-il.

Les visiteuses étaient muettes de joie. Enfin, Alice s'écria :

« Comme vous êtes gentil ! Et la forêt d'arrayánes n'est pas loin de votre hôtel, avez-vous dit ?

— Non. Tous deux sont au bord du même lac. Il vous suffira de louer un bateau pour vous y rendre. »

Carla embrassa son père avec fougue.

M. Ramirez pria les jeunes filles d'être prêtes de bonne heure le lendemain et conseilla à Alice d'emporter le disque mystérieux.

Bess eut peine à s'endormir ce soir-là, tellement la perspective de cette expédition l'excitait.

Le jour suivant, le voyage se déroula sans la moindre anicroche. Les jeunes Américaines ne pouvaient s'arracher à la contemplation du paysage qui défilait sous les hublots. Tout les enchantait : montagnes coiffées de neige, lacs, prairies verdoyantes où paissaient des centaines de moutons.

Bariloche les surprit beaucoup ; bâtie par des Suisses à l'image de leurs villes, elle offrait un contraste amusant avec le pays d'alentour.

En moins d'un quart d'heure, le groupe de voyageurs eut gagné en voiture l'hôtel Llao-Llao. Construit sur une petite éminence, entouré de jardins riants, il dominait le lac ; un large corridor vitré courait sur toute la longueur du bâtiment qui comportait des boutiques à chaque extrémité. Une grande véranda donnait sur le terrain de golf.

Deux chambres avaient été réservées au premier étage pour les jeunes filles. Celle de Carla et d'Alice ouvrait sur le lac qui s'étendait à perte de vue. Non loin de l'hôtel se trouvait un embarcadère où on louait des vedettes à moteur.

« Regardez ! » s'exclama Bess en montrant du geste un chemin qui longeait la rive.

Un bœuf tirait une charrette sur laquelle un homme somnolait, laissant pendre les rênes.

« Je veux prendre une photo », annonça Bess.

Elle courut chercher son appareil. Quand elle revint, l'attelage avait disparu.

« Tu auras plus de chance une autre fois », fit Marion.

Les jeunes filles rangèrent leurs robes et leur

linge et Alice déposa le disque de bois au fond d'un tiroir, sous une pile de chandails.

« Allons nous promener maintenant, suggéra Marion, l'endroit me paraît intéressant à explorer.

— Et il nous faut trouver un bateau pour gagner la forêt d'arrayánes », ajouta Alice.

Après avoir enfilé un pantalon et une simple chemisette, les amies descendirent au rez-de-chaussée. Bess n'avait pas oublié son appareil photographique.

Elles se rendirent d'abord à l'embarcadère. Une excursion était organisée pour le lendemain, leur dit-on, et elles pourraient s'y joindre.

En regagnant l'hôtel, les jeunes filles aperçurent l'attelage que Bess avait remarqué sur le bord de la route, mais le conducteur n'était pas en vue. Bess décida de prendre une photo. Comme elle approchait du bœuf, elle vit un garçon d'environ quatorze ans assis non loin de là. Il s'entretenait avec un homme qui s'éloigna rapidement.

« Comme c'est bizarre ! On dirait que nous lui faisons peur ! » observa Marion.

Le jeune garçon se leva et dit à Alice :

« Vous monter sur bœuf ? Photographier vous sur bœuf ? »

Interloquée, Alice ne répondit pas, mais l'idée enchanta Bess.

« Je t'en prie, monte. Nous aurons ainsi un merveilleux souvenir de notre voyage.

— Si cela te fait plaisir, je veux bien », consentit Alice.

Aidée par Marion, elle sauta sur le dos du bœuf. Aussitôt le jeune garçon administra un violent coup

de bâton à l'animal qui partit au grand galop. Alice faillit être jetée à terre.

À son grand effroi, elle constata que le bœuf avait été dételé. Elle s'agrippa à son encolure.

Ses amies, un moment hébétées, se mirent à courir et poursuivirent l'étrange monture qui, malgré son poids et sa maladresse, allait à bonne allure.

« Montons la pente, cria Marion, nous essaierons de lui couper la route. »

Sa cousine et elle escaladèrent le flanc de la colline puis dévalèrent un peu plus loin à quelques mètres du bœuf affolé.

« Fais comme moi ! » ordonna Marion à Bess.

Ensemble, elles levèrent les bras, les croisèrent et les décroisèrent, tout en se balançant, jambes écartées, d'un côté à l'autre. Effrayé par leurs gestes, l'animal s'arrêta net.

Alice sauta à terre.

« Merci ! dit-elle en poussant un profond soupir. Quelle chevauchée ! Monter un bœuf à cru n'est pas un sport qui me convient.

— Qu'allons-nous faire de ce beau coursier ? demanda Marion. Le laisser ici ? »

Comme en réponse à cette question, le conducteur de l'attelage arriva en courant. Il ne parlait que quelques mots d'anglais, mais les jeunes filles comprirent qu'il leur reprochait d'avoir dételé sa bête. Elles protestèrent avec véhémence. Qui avait bien pu le faire ? s'interrogeaient-elles. Le jeune garçon ? Ou bien l'homme qui s'était presque enfui à leur approche ?

« Allons interroger ce garçon », dit Carla qui les avait rejointes.

Elles se dirigèrent vers la charrette mais ne virent personne. Comme l'homme les avait accompagnées, Carla lui expliqua ce qui s'était passé et voulut savoir s'il connaissait le jeune garçon.

« Il se peut que ce soit Tomás Rivero, un caddy du golf. »

Marion était en colère.

« Allons de ce pas au golf, décida-t-elle. Je vais lui dire deux mots de ma façon à ce Tomás. Il faut aussi que nous sachions si c'est notre inconnu qui lui a donné cette idée. »

À la maison du golf, le chef des caddies leur confirma que le jeune Rivero travaillait sous ses ordres.

« Toutefois, il est parti de bonne heure aujourd'hui. Il habite à Bariloche et je ne connais malheureusement pas son adresse. »

Alice raconta au chef des caddies le mauvais tour que lui avait joué Tomás.

« Quand il reviendra, auriez-vous l'obligeance de le questionner au sujet de l'homme avec qui il parlait ? »

Le chef des caddies le lui promit et les jeunes filles regagnèrent l'hôtel.

En entrant dans sa chambre, Alice vit que le tiroir de la commode était entrebâillé. Certaine de l'avoir repoussé à fond, elle s'inquiéta.

En deux ou trois enjambées elle traversa la pièce et ouvrit le tiroir. Un cri lui échappa.

Chapitre 6

Une commerçante aimable

Bess accourut sur-le-champ.

« Que se passe-t-il ? demanda-t-elle, avec inquiétude.

— Le disque ! Il n'est plus là ! »

Une expression désolée apparut sur le visage de Carla qui avait suivi Bess.

« C'est fini ! gémit-elle. Nous ne connaîtrons jamais le secret attaché à ce souvenir. »

Bess lui passa un bras autour des épaules et essaya de la réconforter.

« Je parie qu'Alice va retrouver ce bois gravé.

— J'en ai la ferme intention, affirma Alice. Pour commencer, je descends informer le directeur de l'hôtel du vol. »

Le directeur était en voyage. Alice fut reçue par son adjoint, M. Diaz, homme agréable et courtois. Elle lui raconta le vol dont elle venait d'être victime.

« Je suis navré, dit M. Diaz. Certes, l'objet que vous me décrivez semble être unique en son genre, toutefois je comprends mal qu'il ait attiré un voleur.

— C'est vrai, convint Alice. Mais il était dans la famille des Ramirez depuis des siècles et ils seront très ennuyés qu'il ait été dérobé.

— Mlle Ramirez est avec vous, n'est-ce pas ? Est-elle au courant du vol ?

— Oui, elle est en larmes. »

M. Diaz tapota son bureau avec la pointe de son crayon.

« Une chose est sûre : la personne qui s'est introduite dans votre chambre avait une clef. Pourtant, il ne peut s'agir d'un membre du personnel, je me porte garant de leur honnêteté à tous. »

Alice déclara que selon elle le coupable était un étranger à l'hôtel muni d'un passe-partout.

« Auriez-vous quelques soupçons quant à l'identité du voleur ? » s'enquit M. Diaz.

Alice lui raconta qu'à River City un homme avait déjà tenté de s'emparer du bois gravé. Elle lui parla aussi de Luis Llosa et de l'esquisse qu'il avait faite pour relever les inscriptions.

Tout en parlant, la jeune fille surveillait les alentours. Elle remarqua une femme qui ne perdait pas un mot de la conversation.

« Y a-t-il un singe représenté sur le disque de bois dont vous parlez ? demanda la femme en se rapprochant.

— Oui, répondit Alice, interloquée.

— Permettez-moi de me présenter : Mme Smith. Tout à l'heure je suis entrée dans une boutique de l'hôtel et j'ai remarqué un disque en bois sur lequel un singe était gravé. »

Alice remercia Mme Smith et, en compagnie de M. Diaz, se rendit à la boutique désignée.

Sur le seuil, elle s'arrêta net : c'était bien le précieux héritage des Ramirez accroché au mur.

Elle le dit à M. Diaz et pria Mme Gonzalez, propriétaire du magasin, de lui raconter comment l'objet était venu en sa possession.

« D'une façon assez bizarre, répondit Mme Gonzalez. Il y a une vingtaine de minutes, un client de l'hôtel, M. Manuel Sanchez, me l'a apporté.

— Pourquoi ? fit Alice qui n'y comprenait rien.

— Pour le vendre. Il paraît que ce disque lui avait été commandé par un collectionneur des États-Unis, de passage ici. Or, quand M. Sanchez est arrivé, ce fut pour constater que son acheteur était déjà reparti. »

Intriguée par cette suite de mensonges malhabiles, Alice encouragea Mme Gonzalez à parler.

« Puis-je d'abord vous demander pourquoi cette histoire vous intéresse ? dit Mme Gonzalez avec un sourire.

— Parce que ce bois gravé a été volé à une de mes amies.

— *No es posible !* » s'exclama Mme Gonzalez oubliant dans sa frayeur de s'exprimer en anglais.

Elle avait pâli et sa voix trembla légèrement tandis qu'elle poursuivait :

« M. Sanchez m'a dit qu'il n'avait pas envie de remporter cette plaque et m'a demandé si je voulais l'acheter.

— Et vous l'avez fait ? » s'enquit Alice.

Mme Gonzalez secoua la tête.

« Pendant que M. Sanchez discutait avec moi, une cliente est entrée. Amatrice d'antiquités, elle a tout de suite vu que cette pièce n'était pas sans valeur. Elle a demandé à Sanchez combien il en voulait et, sans même marchander, la lui a payée cent cinquante dollars.

— Pourquoi cette acheteuse n'a-t-elle pas emporté le disque de bois ? intervint M. Diaz.

— Elle m'a priée de le garder jusqu'à demain. »

En réponse à une question d'Alice, Mme Gonzalez lui décrivit Manuel Sanchez : assez petit, des cheveux roux, des traits peu marqués, vêtu d'un complet sport à carreaux noirs et blancs.

« L'homme qui, tout à l'heure, parlait avec le caddy portait un complet à carreaux noirs et blancs. Est-ce lui qui a dételé le bœuf ? se demanda Alice, lui qui a payé le garçon pour qu'il frappe l'animal dès que l'une de nous serait sur son dos ? Un accident nous aurait retenues loin de nos chambres. De toute façon il a eu le temps de s'introduire chez nous et de s'emparer de la plaque. »

Elle réfléchit en silence, imaginant comment

l'homme avait pu s'y prendre pour accomplir son larcin.

« Il a sans doute photographié le disque puis, craignant que l'alarme ne soit donnée, il s'en est débarrassé au plus vite. Il ne se doutait pas que nous le retrouverions peu après. »

Parvenue à cette conclusion, elle s'adressa à M. Diaz :

« Quel est le numéro de la chambre de ce monsieur ? Vous allez le faire arrêter, n'est-ce pas ?

— Sur-le-champ », répondit-il.

Alice prit le disque et repartit avec lui.

De retour dans son bureau, l'adjoint du directeur feuilleta le registre des entrées. En vain. Il n'y avait pas de Manuel Sanchez à l'hôtel.

Quelle déception pour Alice ! Le voleur s'était éclipsé ayant en sa possession toutes les données qui lui permettraient de percer le mystère dont elles-mêmes cherchaient la solution. Car aucun doute n'était permis, il savait de source sûre que ces dessins recelaient un secret, sinon pourquoi s'y serait-il intéressé ?

La jeune fille alla retrouver ses amies.

« Bonne nouvelle ! » annonça-t-elle en ouvrant la porte de sa chambre.

Et elle tendit le disque de bois à Carla, dont un joyeux sourire éclaira le visage.

À sa demande, Alice résuma brièvement les faits.

« Je pense que ce Sanchez agit en liaison avec Luis Llosa et Harry Wallace », dit-elle en conclusion.

Peu avant le dîner, deux inspecteurs de police questionnèrent d'une part les jeunes filles et d'autre part Mme Gonzalez. Ils félicitèrent Alice et promirent de la tenir au courant des suites de l'affaire.

Le lendemain matin, ils n'avaient pas encore téléphoné. Carla perdait patience.

« Bah ! fit Bess. Cet horrible Sanchez est sans doute à des centaines de kilomètres d'ici. Bon débarras ! »

Elle avait dit cela avec une telle conviction que toutes se sentirent soulagées.

Alice décida d'emporter le disque gravé et de le montrer au garde de la forêt d'arrayánes. Peut-être saurait-il expliquer le sens des inscriptions ?

À dix heures Alice, Bess, Marion et Carla embarquèrent dans la vedette. Celle-ci comportait un pont arrière et une cabine pouvant contenir vingt personnes. Pour gagner son poste, le pilote devait monter par une petite échelle qui partait de la cabine. Le temps était sombre et plutôt froid ; des nuages couraient dans le ciel.

Les passagers riaient et plaisantaient. Les jeunes filles lièrent conversation avec un charmant ménage anglais, M. et Mme Horace. Comme Bess, le mari était un passionné de photographie et tous deux ne cessaient d'appuyer sur le déclic tandis que défilait le paysage.

Au bout d'une demi-heure, la vedette ralentit, les moteurs s'arrêtèrent. De longues minutes s'écoulèrent. Enfin le pilote descendit dans la cabine.

« Panne d'essence ! » annonça-t-il.

La nouvelle surprit tous les passagers. Comment avait-il pu se montrer à ce point imprévoyant !

« Qu'allons-nous faire ? demanda Carla.

— Partir à la nage chercher du secours, répondit le pilote en riant. Qui se dévoue ? »

Chapitre 7

Nouveau défi

La plaisanterie du pilote fit rire plusieurs passagers. Les autres se répandirent en récriminations : ils n'étaient pas venus pour bouchonner au milieu du lac — et, non sans raison, estimaient que rien n'excusait une panne d'essence.

Alice ne protesta pas mais elle bouillait d'impatience. « C'est le seul bateau à destination de la forêt d'arrayánes aujourd'hui, se disait-elle. S'il ne démarre pas, nous ne pourrons pas la voir puisque nous repartons demain. »

M. Horace se leva soudain et gravit les degrés de l'échelle conduisant au poste de pilotage. Sa femme expliqua aux jeunes filles qu'il était ingénieur mécanicien ; selon lui il ne s'agissait pas d'une simple panne d'essence.

Peu après, M. Horace appela la jeune Péruvienne.

« Le pilote ne me comprend pas bien. Pourriez-vous nous servir d'interprète ? »

Carla s'empressa de le rejoindre. En apprenant que l'ingénieur désirait inspecter les machines, le pilote haussa les épaules et, sans conviction, le laissa faire. Les moteurs se trouvaient au-dessous du poste de pilotage. Une porte permettait d'y accéder.

La pluie se mit à tomber. Les passagers se réfugièrent tous dans la cabine. La colère commençait à les gagner.

Enfin l'ingénieur reparut. Il avait nettoyé le carburateur. La vedette allait pouvoir repartir.

Bientôt le grondement des moteurs se fit entendre. Un cri de joie unanime s'éleva, accompagné par le bruit de l'hélice.

Un arrêt eut lieu à l'île Victoria. Un déjeuner savoureux fut servi aux touristes dans un charmant hôtel, perché sur une colline. Toujours gourmande, Bess fit un peu trop honneur au repas.

« Non, tu ne mangeras pas davantage ! » déclara fermement Marion.

Et elle enleva la tarte dont sa cousine prétendait reprendre un morceau. Bess céda non sans maugréer.

Les touristes repartirent après le déjeuner. La pluie s'était arrêtée et le soleil brillait quand ils arrivèrent à la péninsule.

« Comme cette forêt est belle ! » s'extasia Bess à la vue des frondaisons rose-jaune qui s'étendaient à l'infini.

Les jeunes filles débarquèrent rapidement. À

l'orée de la forêt, elles virent une grande pancarte ronde assez semblable à la plaque des Ramirez. Une inscription y était gravée. Carla la traduisit.

« Les arbres sont les amis de l'homme. Ne les blessez pas. »

Elles longèrent la plage, semée de blocs granitiques et de cailloux de toutes dimensions. Sans cesse leurs regards se levaient vers les arbres. Plusieurs troncs partaient d'une souche commune et se divisaient ensuite en d'autres sections qui montaient droit vers le ciel. Aucune écorce ne les protégeait.

Marion passa la main sur le bois.

« Hum ! fit-elle, on dirait du satin.

— Ils ont la couleur des arbres à feuillage persistant et pourtant ils n'ont pas d'aiguilles », remarqua Alice.

Tout en haut, de petites feuilles serrées formaient une masse épaisse.

« Comme c'est paisible ici ! » dit Bess en arrêt devant une racine qui, sortie de terre, avait rampé sur une certaine longueur avant de s'enfoncer dans le sol, près d'un autre tronc.

Un touriste, qui les avait suivies, lui expliqua que les racines parcouraient ainsi une assez longue distance à l'air libre puis donnaient naissance à un nouvel arbre.

« Le sous-sol de cette forêt doit être un réseau gigantesque, conclut-il.

— En fait, dit Alice, ces arbres ne sont que d'immenses buissons. Sans doute servaient-ils d'aliments aux diplodocus.

— Crois-tu que ces monstres avaient élu domicile en Amérique du Sud ? plaisanta Marion.

— N'essaie pas de me coller, répondit Alice. Je ne suis pas plus compétente que toi en préhistoire. »

Les touristes poursuivirent l'excursion et s'enfoncèrent dans la forêt. Au passage, les jeunes filles remarquèrent un petit chalet en bois.

« Ce doit être là que demeure le garde forestier », dit Alice.

Elle proposa à ses amies de s'y arrêter. Laissant leurs compagnons continuer la promenade, elles allèrent frapper à la porte. Un homme au visage plaisant leur ouvrit. Alice lui demanda s'il consentirait à répondre à quelques questions. Dans un anglais très pur, il les invita à entrer.

« Je m'appelle Romero, dit-il, et je suis chargé de la surveillance de cette forêt. Qu'aimeriez-vous savoir ? »

Alice retira le papier qui enveloppait le disque de Carla et le montra au garde.

Il l'examina avec intérêt.

« Il est très ancien, dit-il. C'est dommage que les inscriptions en soient à demi effacées. Avez-vous pu les déchiffrer ?

— Non, et c'est pourquoi je l'ai apporté. On nous a dit qu'il était en bois d'arrayán et qu'il avait environ trois cents ans. N'auriez-vous pas ici des documents qui nous renseigneraient sur les personnes susceptibles de s'être trouvées dans les parages à cette époque ?

— Oh ! non. L'endroit était désert. Jamais je n'ai entendu dire que quelqu'un y ait vécu. »

Carla prit la parole à son tour :

« Un de mes aïeux du nom d'Aguilar a gravé sa signature sur ce bois. Personne jusqu'ici n'a pu traduire le sens des inscriptions et nous voudrions y parvenir. »

Le garde réfléchit un moment.

« Je connais un vieil homme, dit-il enfin, qui pourrait vous aider. C'est un Indien inca. Il s'appelle Mapohni et habite au Pérou, à Cuzco. Nul au monde ne sait plus que lui d'histoires ou de légendes sur le passé de l'Amérique du Sud. »

Hélas ! Cuzco se trouvait à des centaines de kilomètres de Lima. Le voyage en vaudrait-il la peine ? songeait Alice.

Comme en réponse à cette question informulée, Romero reprit :

« Même si Mapohni ne peut pas vous aider à élucider ce mystère, vous devriez visiter Cuzco. Vous y verriez des ruines de grand intérêt, en particulier celles d'une forteresse.

— J'ai très envie d'y aller, répondit Alice, et aussi de faire la connaissance de Mapohni. Quelque chose me dit qu'il nous sera très utile.

— Sans doute vous saluera-t-il par ces mots : *Munanki ! Imaynan caskianqui ?* reprit le garde en riant.

— Ce n'est pas de l'espagnol, intervint Carla. Pourriez-vous nous les traduire ?

— Volontiers. C'est du quechua, ancienne langue des Incas. Cela veut dire : "Bonjour ! Comment allez-vous ?"»

Les jeunes filles répétèrent la phrase plusieurs fois.

« Vous lui répondrez : *Hucclla, yusul paiki,* continua le garde.

— Jamais je ne m'en souviendrai ! protesta Bess. Qu'est-ce que cela signifie ?

— "Bien, merci", et *Cutimunaikicama* veut dire : "Au revoir." »

Douées d'une excellente mémoire, Alice et Carla purent bientôt répéter sans faute ces quelques mots. Pendant ce temps, Marion se promenait dans la salle. Sur le mur, suspendues à un clou, il y avait plusieurs cordes formées de lanières de diverses couleurs nouées ensemble. Intriguée, elle voulut savoir à quel usage elles étaient destinées.

« C'est ce qu'on appelle des *quipos,* lui apprit Romero. Elles tenaient lieu de registres aux Incas. Ils ne connaissaient pas l'écriture. »

Il leur expliqua que telle couleur désignait telle chose :

« Par exemple, le rouge représente le roi et les nœuds formés sur cette lanière le nombre de ses épouses et de ses enfants. Les anciens chefs incas et les membres de leur aristocratie étaient polygames.

— Et les autres ?

— Non. Les travailleurs, ou *purics,* n'avaient droit qu'à une seule épouse. »

À ce moment, la sirène de la vedette se fit entendre avec insistance. Les amies remercièrent Romero et lui dirent au revoir.

« Quand vous serez à Cuzco, n'oubliez pas d'aller à Machu Picchu, leur recommanda-t-il. C'est un lieu extraordinaire. Nul ne sait comment était cette ville au temps de sa splendeur. Encore un autre mystère à élucider ! »

Alice éclata de rire.

« Est-ce un défi ? dit-elle gaiement.

— Ah ! non, protesta Bess, nous avons assez de pain sur la planche comme cela. »

De nouveau, la sirène déchira l'air. Les quatre amies pressèrent le pas.

Alors qu'elles approchaient de la plage, Marion poussa un cri :

« Attention ! »

Une énorme pierre roulait vers elles. Instinctivement, elles firent un saut de côté.

Le bloc les frôla, alla heurter un arbre avec un bruit sourd, rebondit et frappa Alice sur le côté. Celle-ci chancela et tomba par terre.

Chapitre 8

La belle Espagnole

Alice ne perdit pas conscience. Se sentant assez étourdie, elle souhaita se reposer un peu. Carla courut prier le pilote de la vedette de retarder le départ.

Après s'être assurée qu'Alice n'était pas grièvement blessée, Marion courut au rivage. Elle espérait attraper le ou la responsable de l'accident, car le bloc de roche n'avait pu se détacher seul. Vains efforts ! Elle ne vit personne.

« Le coupable s'est sans doute caché, se dit-elle. Je vais faire comme lui. »

Elle se glissa derrière un gros tronc d'arrayán, au bord du lac. Tout à coup, elle perçut le bruit d'un moteur. Elle avança un peu la tête et vit un bateau sortir d'une anse dissimulée par un promontoire rocheux.

Deux hommes étaient à bord ; ils tournaient le dos à Marion qui, cependant, devina l'identité de l'un d'eux. Avec ses cheveux roux et son complet-veston à carreaux noirs et blancs, ce ne pouvait être que Manuel Sanchez.

Satisfaite de sa découverte, elle rejoignit ses amies. Carla et Bess aidaient Alice à se relever.

Le visage de Bess s'assombrit lorsqu'elle apprit que sa cousine avait reconnu Sanchez.

« Alice, cet homme en veut à ta vie. Pourquoi la police ne l'arrête-t-elle pas ? gémit-elle.

— Ne te tourmente pas, cela ne saurait tarder », répondit Alice avec calme.

Les jeunes filles regagnèrent lentement la vedette. Le pilote ainsi que M. et Mme Horace manifestèrent une vive sollicitude à l'égard d'Alice.

Le retour se fit sans incident.

Dès leur arrivée à l'hôtel Llao-Llao, Alice se rendit à la réception, demanda à M. Diaz s'il avait eu des nouvelles de Manuel Sanchez ou du caddy.

« Non, répondit-il, je ne sais toujours rien. »

L'heure du dîner approchait ; Alice se sentait très fatiguée.

« Si cela ne vous ennuie pas, je préférerais me coucher et manger quelque chose dans mon lit, dit-elle à ses amies. Je suis rompue.

— C'est bien la première fois que je te vois être raisonnable, plaisanta Marion.

— Carla se changera dans notre chambre, dit Bess, tu pourras ainsi dormir en paix.

— Oui, quand j'aurai téléphoné à la police pour faire un compte rendu de l'agression dont j'ai été victime. »

Carla alla prendre ce dont elle avait besoin et dit bonsoir à Alice. Ensuite elle descendit à la salle à manger en compagnie des deux cousines. En gagnant la table qui leur était réservée, elles passèrent près de M. Ramirez.

« L'excursion vous a-t-elle plu ? demanda-t-il. Où est donc Alice, elle n'est pas avec vous ? »

Les trois jeunes filles hésitèrent une seconde. Allaient-elles lui confier leurs mésaventures ? Finalement Marion répondit :

« Alice est très fatiguée.

— Elle dînera dans sa chambre, ajouta Carla.

— J'espère qu'une bonne nuit la remettra tout à fait d'aplomb. Je vous verrai demain pendant le voyage de retour. Bonsoir. »

Carla et les deux cousines allèrent s'asseoir. En voyant le menu, Carla se récria :

« Jamais je ne mangerai toutes ces bonnes choses ! »

Bess ne dit rien, mais montra qu'elle était pourvue d'un appétit insatiable ; les plaisanteries dont l'accablèrent Marion et Carla furent sans effet.

Impitoyable, Marion déclara :

« Si tu te tords de douleur cette nuit avec un affreux mal au ventre, ne compte pas sur moi pour te soigner. »

Un peu honteuse, la gourmande baissa la tête.

Après le dîner, les trois amies s'installèrent au salon.

« Depuis ce matin, dit Carla, je cherche un moyen d'aider Alice à élucider ce mystère. Une idée vient de me traverser l'esprit. Vous allez me dire ce que vous en pensez. »

Elle leur exposa son plan. Dans une boutique de l'hôtel, elle avait repéré un grand châle espagnol et un éventail.

« J'ai emporté dans mes bagages une robe assez semblable à celles des danseuses de mon pays. Avec un bon maquillage, je n'aurai aucune peine à me transformer en danseuse. Et peut-être réussirai-je à retrouver Manuel Sanchez.

— Comment cela ? demandèrent ensemble Bess et Marion à qui le projet ne paraissait pas très clair.

— Au sous-sol, il y a un casino, indépendant de l'hôtel et ouvert à tous ceux qui veulent jouer au bridge ou assister à un spectacle de music-hall.

— Et alors ? insista Bess.

— Il est possible que Manuel Sanchez y vienne. Sans doute ne s'est-il pas éloigné, préférant surveiller les faits et gestes d'Alice. Si je joue bien mon rôle, je pourrai avec un peu de chance lier conversation avec lui et apprendre quelque chose.

— Ou plutôt le faire arrêter, dit Bess.

— Oui, tu as raison. Ce sera à la police de le faire parler. »

Bess souleva des objections. Le projet ne lui paraissait pas sans risques. Marion, elle, l'approuva.

« Toutefois, nous te surveillerons à tour de rôle. Bess d'abord, moi ensuite. »

Carla y consentit. Elle se rendit à la boutique,

acheta le châle, et l'éventail, et rejoignit les deux cousines qui étaient montées à leur chambre.

« Je vais me changer dans les toilettes du rez-de-chaussée, annonça-t-elle. Bess, lorsque tu descendras, ne me parle pas. Fais comme si tu ne me connaissais pas.

— Entendu. Dans combien de temps seras-tu prête ? demanda Bess.

— Dix minutes », répondit Carla et elle sortit de la chambre avec un sac contenant ses affaires.

Dix minutes plus tard, Bess sortit à son tour. Elle s'arrêta pour contempler les objets exposés dans les diverses vitrines qui bordaient le large couloir.

Bientôt Carla apparut. Bess retint un cri de stupeur.

« Quelle transformation ! » pensa-t-elle.

Avantagée par son costume, la jeune Péruvienne était plus ravissante que jamais. Elle avait relevé ses cheveux en un haut chignon retenu par un grand peigne espagnol, sur lequel elle avait jeté le magnifique châle noir qui lui retombait en pointe dans le dos.

Avec ses longs faux cils, ses sourcils couleur d'ébène, la « danseuse espagnole » paraissait dix ans de plus.

« Oh ! Oh ! se dit Bess. Il faut que je la surveille de près, sinon cette beauté se fera enlever par quelque hardi chevalier. »

Carla s'engagea dans le couloir, un sac de perles noires à la main. Parvenue à la porte qui menait au casino, elle l'ouvrit et descendit les marches. Bess la suivit à une distance raisonnable.

En bas, les jeunes filles montrèrent à tour de rôle

le laissez-passer que M. Diaz leur avait remis sur la demande de Carla. Par mesure de prudence, celle-ci l'avait mis au courant de son projet.

La salle du casino, brillamment éclairée, était bondée d'hommes et de femmes, la plupart assis à des tables de jeu. Les autres se promenaient et bavardaient. Tous levèrent un regard admiratif sur Carla et ce fut à qui l'inviterait à se joindre à une partie de cartes.

« Non, merci, répondait-elle invariablement. Je cherche M. Manuel Sanchez. L'auriez-vous vu ? »

Et, invariablement, elle obtenait la même réponse négative. Enfin, un homme aux cheveux bruns presque noirs s'écria en riant :

« *Olé !* Sanchez ne nous avait pas dit qu'il avait rendez-vous avec une aussi jolie fille ! »

Bess s'étonna que cet homme eût répondu en anglais.

« Mon ami Sanchez a eu un empêchement, poursuivit-il, il s'est fait mal au bras cet après-midi. »

Se serait-il blessé en poussant le rocher sur Alice ? se demanda Bess.

« Si vous le désirez, je puis vous emmener le voir, sa sœur est auprès de lui », proposa l'inconnu.

Bess conçut aussitôt des soupçons. L'homme lui déplaisait. Pourtant, il fallait se garder de porter un jugement hâtif, rien ne permettant de voir en lui un complice de Sanchez. La jeune Péruvienne accepta à la vive inquiétude de son amie.

« Est-ce loin d'ici ? demanda-t-elle.

— Non, vous verrez. Partons », répondit l'homme.

Il fit sortir Carla par une petite porte et, traversant le jardin de l'hôtel, ils prirent la direction du rivage. L'angoisse gagnait Bess. Elle les suivait d'aussi près que possible. « Si seulement Marion était là ! » songeait-elle.

L'inconnu alla droit à l'embarcadère où une vedette se balançait doucement sur l'eau. Il prit Carla par le bras pour l'aider à embarquer, elle le repoussa. Il tint bon.

« Montez, dit-il d'une voix ferme. Vous n'êtes pas une amie de Sanchez et je ne vais pas tarder à savoir ce que vous manigancez ! »

Carla se débattit avec vigueur. Bess appela au secours et se précipita vers l'embarcation.

Chapitre 9

Un nouvel indice

Bess continuait à crier de toutes ses forces. Effrayé, le ravisseur sauta dans le bateau dont le moteur vrombissait. Lâchée brusquement, la jeune Péruvienne bascula sur la rive.

Bess vit qu'il y avait un pilote à bord de la vedette mais, dans l'obscurité, elle ne put distinguer ses traits. Quelques secondes plus tard, le bateau s'enfonçait dans la nuit.

« Oh ! Carla ! fit Bess en aidant son amie à se relever. T'a-t-il blessée ?

— Non, il m'a serré le bras très fort. Cela me fait assez mal, sans plus. »

Pauvre danseuse espagnole ! Échevelée, le châle arraché, elle offrait un triste spectacle. Comme les deux amies regagnaient l'hôtel, elles virent accourir plusieurs personnes.

« Qui a crié ? Y a-t-il eu un accident ? » demanda un homme.

Bess fournit des explications en anglais, Carla en espagnol.

« Où sont partis ces misérables ? Je vais les rattraper », déclara un jeune homme.

Bess étendit la main en direction du lac.

« Aucune chance ! » répondit-elle brièvement.

Les portiers de l'hôtel s'approchèrent des jeunes filles et voulurent savoir si elles connaissaient le client du casino.

« Non », répondit Bess.

Prise d'une soudaine inspiration, elle demanda :

« Auriez-vous rencontré dans la journée un homme aux cheveux roux vêtu d'un complet sport à carreaux noirs et blancs ?

— Oui, répondit un des portiers. Dans le couloir du premier étage. »

Et reconnaissant Bess, il ajouta :

« C'était juste devant votre porte.

— Que faisait-il ?

— Rien. Du moins quand je l'ai croisé. »

Bess posa quelques questions et apprit ainsi que l'inconnu se trouvait dans le couloir probablement à l'heure où le disque de bois avait été volé. Le portier ajouta qu'on avait vu ce même inconnu se promenant dans les jardins en compagnie d'un homme qui demeurait à Bariloche.

« Comment s'appelle cet homme ? demanda aussitôt Bess.

— Frédéric Wilburg. Tiens, j'y pense ! Il possède un canot à moteur. »

Bess et Carla se regardèrent. La même pensée leur était venue : le pilote du ravisseur ne serait-il pas ce Frédéric Wilburg ? Et ne serait-ce pas lui aussi qui avait conduit Sanchez à la forêt d'arrayánes ?

Les gens se dispersèrent après avoir accompagné Carla et Bess jusqu'à l'entrée de l'hôtel. Les deux amies gagnèrent sans tarder le premier étage. Alice était réveillée et s'entretenait avec Marion. Carla s'empressa de retirer son costume de danseuse tandis que Bess se lançait dans le récit détaillé de leur aventure.

Alice se redressa, prit sur sa table de chevet l'annuaire du téléphone et se mit à le feuilleter.

« Tenez, voici ! Frédéric Wilburg. Il habite bien Bariloche. »

Elle appela M. Diaz et le pria de se mettre aussitôt en rapport avec la police. Il promit de communiquer aux autorités cette précieuse information.

« Bravo, mademoiselle, vous êtes une détective remarquable ! dit-il, admiratif.

— Oh ! j'ai des aides très compétentes, répondit-elle en riant.

— En ce cas, transmettez-leur toutes mes félicitations. Je raccroche et j'appelle le commissaire de police. »

Les jeunes filles eurent quelque peine à s'endormir. Alice songeait que Sanchez et Wilburg ne se laisseraient pas mettre la main dessus.

Le lendemain matin, à huit heures, Alice fut réveillée par la sonnerie du téléphone. Elle bondit et prit le combiné. C'était la police de Bariloche.

« Allô ! Je voudrais parler à Mlle Roy.

— C'est moi-même.

— Nous avons ici deux hommes, l'un s'appelle Frédéric Wilburg, l'autre refuse de décliner son identité, mais il répond au signalement que vous nous avez donné de Manuel Sanchez. Pourriez-vous venir avec la propriétaire du magasin où vous avez retrouvé le disque gravé ?

— Oui. Nous arrivons. »

Aussitôt après avoir raccroché, Alice appela le portier qui, mis au courant, proposa d'aller prévenir Mme Gonzalez. Peu après, celle-ci téléphona à Alice.

« J'ai ma voiture ici. Voulez-vous que je passe vous prendre à huit heures et demie ?

— Merci beaucoup, madame, nous serons prêtes. »

Les jeunes filles s'habillèrent rapidement et descendirent prendre un petit déjeuner. Très ponctuelle, Mme Gonzalez arriva à huit heures et demie.

En route, Alice lui raconta la mésaventure dont Carla avait failli être victime la veille.

Dès qu'elles eurent été introduites dans le bureau du commissaire de police, celui-ci fit amener les deux prisonniers.

Mme Gonzalez tendit le doigt vers Sanchez et s'écria :

« C'est lui qui m'a vendu le disque gravé ! »

Le commissaire se tourna alors vers les jeunes filles et, désignant l'autre prisonnier, demanda :

« Reconnaissez-vous cet homme ?

— Non, répondirent-elles.

— C'est Frédéric Wilburg, reprit le commissaire. À moins que vous n'ayez une plainte à formuler contre lui, nous ne pouvons pas le retenir. »

À ce moment, un inspecteur de police entra dans la pièce et dit quelques mots à l'oreille de son chef. Après avoir écouté en hochant la tête, celui-ci s'adressa à Wilburg.

« On a trouvé chez vous une quantité importante de bois d'arrayán, monsieur Wilburg. Vous n'ignorez pas que la loi interdit formellement d'en couper.

— Je ne l'ai pas pris dans la forêt placée sous la protection de l'État, grommela Wilburg. Je me le suis procuré ailleurs.

— Tiens ! Tiens ! Et si vous nous disiez où ? »

Wilburg préféra garder le silence.

« C'est bon ! dit le commissaire. Nous vous garderons jusqu'à ce que vous nous fournissiez tous les éclaircissements utiles. »

Alice donna les détails de sa chevauchée involontaire sur un bœuf dételé ; elle déclara soupçonner Sanchez d'avoir voulu lui causer ainsi un accident.

De son côté, Carla évoqua le vol du disque dans la chambre qu'elle partageait avec Alice et la tentative d'enlèvement dont elle avait été l'objet.

« Votre bref séjour en Argentine aura été plutôt

mouvementé, dit le commissaire en guise de conclusion. Vous m'en voyez désolé. »

Mme Gonzalez ramena les jeunes filles à l'hôtel. Comme elles entraient dans le hall, M. Diaz s'avança vers elles avec une femme ; il la présenta sous le nom de Mme Percy — victime elle aussi de Sanchez, expliqua-t-il, puisqu'elle avait payé le disque gravé.

« Je vais déposer une plainte et réclamer mon argent », annonça-t-elle, ravie d'apprendre que le voleur était sous les verrous.

L'heure avançait. Alice et ses amies montèrent préparer leurs valises. Tout en pliant ses robes, Carla parla des bois d'arrayán trouvés chez Wilburg.

« À quoi cela peut-il lui servir ?

— J'aimerais le savoir, répondit Alice.

— Toute cette affaire est terriblement compliquée ! soupira Carla. Alice, quand je t'ai demandé d'élucider le mystère du singe, je ne pensais certes pas te lancer dans une pareille aventure !

— Plus les problèmes sont difficiles à résoudre, plus ils me passionnent », répondit la jeune détective.

Au début de l'après-midi, M. Ramirez partit avec Carla et ses amies pour l'aéroport de Bariloche. Le reste du groupe les y attendait. Les hommes discutaient affaires ou parties de golf.

Carla apprit que son père avait remporté la coupe. Très fière, elle le félicita et tint à la montrer à Alice et aux deux cousines.

Tous montèrent à bord de l'avion, tandis que les

bagages étaient emportés à l'avant du poste de pilotage. L'appareil prit l'air sans incident.

Alice s'assit et se plongea dans un abîme de réflexions. Au bout d'un moment elle eut envie de se dégourdir les jambes.

Elle s'engagea dans le couloir ; à peine était-elle parvenue à la hauteur de la porte d'accès que celle-ci s'ouvrit d'un seul coup. Alice se sentit aspirée hors de l'avion.

Désespérément elle s'accrocha à la sangle qui retenait les bagages. La terreur lui enlevait une partie de ses forces. Combien de temps résisterait-elle ?

Dans le compartiment, les passagers lisaient ou contemplaient le paysage. Un puissant souffle d'air suivi d'une violente secousse leur fit lever la tête. L'effroi les cloua sur place.

M. Ramirez et un autre passager réagirent rapidement. Ils s'élancèrent et retinrent Alice. Mais à leur tour, ils se sentirent aspirés. Deux autres hommes se précipitèrent et les aidèrent à ramener Alice à l'intérieur de l'appareil. La malheureuse jeune fille se laissa tomber sur un siège.

C'est alors qu'un craquement sinistre se fit entendre : la porte venait de s'arracher. Un choc brutal fit résonner le fuselage à l'arrière. L'appareil trembla.

« Que se passe-t-il ? cria le pilote.

— La porte ! Elle a déchiré le fuselage, répondit le copilote.

— Elle a dû heurter le stabilisateur, conclut le pilote. La queue est endommagée. Ce n'est pas grave, nous pouvons encore gouverner. »

L'inquiétude parut sur le visage des passagers. L'avion commençait à tanguer.

D'une voix très calme, le pilote annonça :

« Je vais tenter de gagner Lima. »

Chapitre 10

Le balcon grillagé

Les traits crispés, les passagers serraient les accoudoirs de leurs sièges. Le pilote descendit à plus basse altitude. L'avion roulait et tanguait.

Alice jeta un regard à l'ouverture béante et referma les yeux. Elle se sentait malade. L'émotion avait été trop forte. Et voilà que tous couraient un grand danger. Le calme du pilote forçait son admiration.

Les voyageurs étaient ballottés d'un côté sur l'autre, d'avant en arrière, mais, habilement manœuvré, l'appareil poursuivait sa route.

Enfin, il amorça le virage de descente.

« Nous atterrissons dans quelques minutes ! cria le pilote. J'ai prévenu par radio la tour de contrôle, la piste est libre. »

L'appareil exécutait des mouvements de plus en plus désordonnés. Le pilote réussit à le redresser et enfin à le poser au sol. L'avion rebondit, puis s'immobilisa. Une Jeep de secours et une ambulance le suivirent tandis qu'il cahotait jusqu'à l'aire d'arrivée.

Alice éprouvait une merveilleuse impression de soulagement. Les passagers étaient tous sauvés. Carla lui avait dit que les appareils utilisés par la société dirigée par M. Ramirez faisaient l'objet de vérifications minutieuses avant chaque vol. Il s'agissait donc d'un sabotage et Alice se sentait responsable.

« C'est moi qui suis visée parce que je m'efforce de découvrir le secret du bois gravé. Sans ma présence à bord rien ne serait arrivé », songeait-elle tristement.

Une foule entoura le pilote à sa descente. Les passagers ne tarirent pas d'éloges sur son sang-froid et sa maîtrise. Très intimidé, le jeune homme plaisanta :

« Des vols comme celui-ci mettent un peu de piment dans un métier qui risquerait de devenir monotone. »

Puis, prenant un air grave, il ajouta :

« Je veux savoir pourquoi cette porte s'est arrachée. »

Quand Alice essaya de se lever, elle vacilla : ses jambes étaient comme du coton. Bess n'était guère plus vaillante. Elle titubait.

Marion et Carla embrassèrent Alice en silence. Leur émotion se lisait sur leur visage.

Elles descendirent la passerelle et s'attardèrent au bas. Des hommes s'affairaient déjà autour de l'appareil : mécaniciens, ingénieurs allaient et venaient, examinaient les gonds, l'encadrement de la porte.

Enfin l'un d'eux déclara :

« Il s'agit d'un sabotage. Les gonds et les serrures ont été endommagés de manière à céder en plein vol.

— Quel monstre a bien pu préparer un tel attentat ? » fit Bess.

M. Ramirez voulut que l'on rentrât sur-le-champ à la maison. Lui-même était très secoué par l'émotion.

Comme ils approchaient de la demeure des Ramirez, Alice parla enfin :

« Ce sont mes ennemis qui ont saboté votre avion, monsieur. Ils ne reculeront devant rien pour m'empêcher d'élucider le mystère de la plaque de bois.

— Voyons, Alice, comment pouvaient-ils deviner que tu passerais devant la porte juste au moment où elle s'ouvrirait ? protesta Marion.

— Ils espéraient que l'appareil s'écraserait au sol. À cause de moi vous avez tous failli être... »

Elle ne put achever. M. Ramirez la contredit gentiment :

« Ne vous racontez pas d'histoires, Alice. Vous n'êtes nullement responsable. »

Alice lui sourit.

Mise au courant de ce qui s'était passé,

Mme Ramirez se montra pleine de sollicitude et remercia le Ciel d'avoir protégé son mari, sa fille et ses jeunes invitées. Elle leur fit servir un thé réconfortant et les invita à se reposer jusqu'à l'heure du dîner. À peine retirés dans leur chambre, les voyageurs s'endormirent.

Deux heures plus tard, tout en s'habillant, Bess aborda le sujet qui les préoccupait toutes.

« Alice, je crains que tu n'aies plus d'un ennemi. Nous en connaissons déjà trois. Deux sont en prison dans ce pays et Harry Wallace est détenu à River City. Quelqu'un d'autre a saboté l'avion.

— Ce ne sont pas les ennemis personnels d'Alice, intervint Marion. Ils nous en veulent à toutes les quatre. »

Bess ne put retenir un frisson de peur.

« Bah ! Oublions un peu cette affaire. Sinon j'en perdrais l'appétit ! »

Cette remarque fut saluée par des éclats de rire moqueurs. Heureuse d'avoir détendu l'atmosphère, Bess ne s'en formalisa pas.

Quand elles rejoignirent les Ramirez au salon, le dîner n'était pas encore servi. Alice en profita pour demander à Carla si elle n'avait pas de la pâte à modeler.

« Je voudrais m'en servir pour le disque. »

Surprise, Carla ne posa cependant pas de question et alla en chercher. Alice malaxa des morceaux de pâte et les pressa fortement sur le disque de bois à l'endroit où des lettres avaient été gravées. Au bout d'une minute, elle retira le moulage et examina les empreintes.

« Carla, s'écria-t-elle, très excitée. Je crois avoir déchiffré un autre mot ! »

Et elle lui montra quatre lettres qui se suivaient à la base de la ligne verticale.

« Je lis *mesa*. Si c'est exact, il ne nous reste plus qu'à trouver le mot du haut. »

Mesa : "table". Quelle pouvait être cette table qu'avait voulu désigner l'aïeul des Ramirez ?

« Il existe de nombreuses tables d'orientation au Pérou, dit M. Ramirez. Toutefois une idée me vient à l'esprit. L'Indien qui a remis ce bois gravé à un de mes ancêtres parlait quechua, dit-on. Il pourrait donc s'agir de la table d'orientation de Machu Picchu.

— C'est tout près de Cuzco ! intervint Carla, très excitée. Papa, on nous a conseillé d'aller visiter cette ville et de voir un vieil Indien nommé Mapohni.

— Je consens volontiers à ce que tu emmènes tes amies faire cette excursion. Et bien entendu à mes frais. »

Alice, Bess et Marion se récrièrent aussitôt. M. Ramirez ne voulut rien entendre.

« C'est à la demande de Carla que vous vous occupez de cette affaire. Je suis déjà votre débiteur. »

En riant, il ajouta :

« Aucune protestation ne sera acceptée. »

Il ne restait plus aux trois amies qu'à remercier leur hôte, ce qu'elles firent de grand cœur.

« Cela va être merveilleux ! s'exclama Bess.

— Je brûle d'impatience de partir, fit Carla. Ce

sera la première fois que je verrai Cuzco et Machu Picchu ! »

Il fut décidé que leur départ aurait lieu le surlendemain.

Le jour suivant, M. Ramirez suggéra à sa fille de montrer aux jeunes Américaines certains quartiers intéressants de Lima.

« Le palais de Torre Tagle, de style mauresque, vous intéressera, leur dit-il. Il est occupé par le ministère des Affaires étrangères, une partie seulement est ouverte aux visiteurs. »

Carla fit monter ses amies en voiture et les conduisit à l'ancien palais.

Avant d'entrer, elles contemplèrent la façade en bois très ouvragée. Comme elles admiraient le balcon du premier étage, Carla jeta par hasard un regard vers l'autre côté de la rue. Un homme, le chapeau enfoncé sur le front, semblait faire le guet.

« Il ressemble à Luis Llosa, l'aide de M. Velez », se dit-elle.

Discrètement, elle alerta ses amies. Elles se retournèrent : l'homme aussitôt s'éloigna.

« Que pouvait-il bien faire ici ? » se demandait Alice en suivant ses amies à l'intérieur du palais.

« Vivre dans un cadre aussi somptueux, quel rêve ! » s'exclama Bess.

Elles s'étaient arrêtées dans une vaste cour entourée d'un haut balcon.

« Regardez ! fit Marion en montrant dans un angle, tout au fond, une calèche ancienne.

— Quelle élégance ! » s'extasia Alice.

Des rideaux rouges retenus par des glands

ornaient les portières et le siège du cocher était en peluche rouge.

« Ce devait être un attelage à quatre chevaux, dit Marion. J'aurais tant aimé en être le cocher !

— Et moi le passager », déclara Bess.

Prenant une allure majestueuse, elle s'avança :

« Je suis Isabelle, reine d'Espagne. Cocher, menez-moi au bal retrouver mon seigneur et mon roi. »

Alice éclata de rire.

« Votre Majesté m'autoriserait-elle à prendre une photographie de son auguste personne ?

— En compagnie de mon indigne cocher ? Jamais ! »

Elle se mit à glousser, Marion à grommeler, tandis qu'Alice ne réussissait pas à reprendre son sérieux.

Carla les avait observées en souriant.

« Venez, dit-elle, je voudrais vous montrer une chambre assez extraordinaire. »

Elles la suivirent le long du balcon, traversèrent une salle et aboutirent à un portique obscur. Il était protégé des regards indiscrets par les grandes persiennes qu'elles avaient admirées de la rue.

Carla leur expliqua qu'au temps jadis les femmes de l'aristocratie espagnole se montraient rarement en public. Elles se plaisaient cependant à regarder les passants aller et venir.

« D'ici on peut voir sans être vu », dit-elle.

Alice s'approcha des persiennes. Aussitôt, elle fit signe à ses amies de la rejoindre. En bas, Luis Llosa se tenait en faction.

« Il est revenu ! murmura Carla.

— Pour nous espionner, je parie », ajouta Bess, le visage soucieux.

Les autres acquiescèrent.

« L'idée qu'il nous suit me donne froid dans le dos, dit Carla avec un frisson.

— Dès que nous sortirons d'ici, il nous emboîtera le pas, reprit Bess. Comment le semer ?

— Nous n'allons pas rester là toute la journée. Attendez un peu », déclara Marion.

D'un geste décidé, elle ouvrit une persienne, se pencha au-dehors et regarda Luis Llosa droit dans les yeux. Perdant contenance, il prit le parti de s'enfuir.

Bess pressa ses amies de quitter le palais.

« Comme tu voudras, dit Alice, mais nous ne rentrerons pas à la maison. Nous passerons d'abord chez M. Velez. »

Carla les y conduisit. Le sculpteur sur bois les accueillit avec son affabilité coutumière. Elles lui racontèrent leur excursion à la forêt d'arrayánes.

« Hélas ! Cela ne nous a pas appris grand-chose.
— Dommage ! fit M. Velez. C'était une chance à courir. »

Alice lui demanda si son aide était à l'atelier.

« Non, il n'est pas venu ce matin. Sans doute est-il souffrant. »

Carla lui apprit que Luis n'était pas malade et faisait le guet devant l'ancien palais. M. Velez se montra surpris.

« Luis est un bon ouvrier ; il a cependant un caractère renfermé et je le soupçonne d'être fourbe. Mais pourquoi m'interrogez-vous sur son compte ? A-t-il commis un acte répréhensible ?
— Pas à notre connaissance », répondit Alice.

Une même question : « Un nouvel ennemi nous traque-t-il ? » assombrissait l'esprit des quatre jeunes filles.

Chapitre 11

La Cité d'Or

« Achetons quelques souvenirs, proposa Bess.
— Excellente idée », approuva Alice.

Elles choisirent des figurines et des ustensiles en bois sculpté. En passant devant l'établi de Luis, Alice s'arrêta. Un plateau en bois de queñar attendait les dernières finitions.

À terre, elle remarqua une autre sculpture inachevée. Elle la ramassa.

« Curieuse forme ! murmura-t-elle. Que compte-t-il en faire ? »

Elle la montra à M. Velez. Il prit l'objet, le tourna et retourna entre ses mains.

« Je ne vois vraiment pas ce que cela peut être », dit-il perplexe.

Dans un morceau de bois d'environ seize centimètres de longueur sur deux centimètres d'épaisseur, Luis Llosa avait introduit un tube.

« Cet objet a la taille et la forme de nos couverts à salade, mais ils sont toujours en bois plein... »

M. Velez s'interrompit brusquement et fronça les sourcils :

« Mais c'est de l'arrayán !

— Que dites-vous ! s'exclama Alice.

— C'est de l'arrayán, répéta le sculpteur. Je ne comprends pas. Il n'y en a pas chez moi. Ce ne peut être que Luis qui l'a apporté. Je l'interrogerai à ce sujet dès qu'il arrivera. »

Une vive contrariété se lisait sur le visage du Péruvien. Les jeunes filles ne tardèrent pas à le quitter, le laissant à ses réflexions.

En voiture, Alice mit Carla et les deux cousines au courant de sa découverte.

« S'il a inséré un tube, dit Marion, c'est sûrement pour y introduire quelque chose en fraude. Cet homme me paraît de plus en plus louche. »

Mme Ramirez avait organisé une réception en l'honneur de ses jeunes hôtes. La soirée fut très gaie.

Les derniers invités partis, les jeunes filles bavardèrent encore longuement.

« C'était merveilleux ! dit Alice à Carla. Je suis si contente d'avoir fait la connaissance de vos amis.

— Et quels danseurs extraordinaires ! fit Bess. Je voudrais toujours vivre ici !

— Pauvre Daniel ! Le voilà déjà oublié ! » ironisa Marion.

Daniel était un grand ami de sa cousine et son danseur favori. Bess préféra ne pas répondre.

Le lendemain, avant de partir pour Cuzco, Alice téléphona à M. Velez. Il paraissait très ennuyé.

« Mon aide n'est pas revenu et ne m'a rien fait dire. J'ai téléphoné chez lui. Personne ne m'a répondu. »

Alice voulut savoir si des objets avaient disparu de l'atelier.

« Je n'ai pas songé à m'en assurer, répondit le sculpteur, je vais le faire de ce pas et vous rappellerai. »

Quelques minutes plus tard, le téléphone sonnait. C'était M. Velez.

« Il a emporté plusieurs outils, dit-il. Cela représente une grosse perte. Certains, très anciens, avaient une grande valeur.

— Je vous conseille de déposer une plainte contre lui, répondit Alice.

— Sur-le-champ, comptez sur moi ! déclara M. Velez dont la voix vibrait de colère. Merci, mademoiselle, de m'avoir alerté. »

Alice raccrocha et rejoignit ses amies. Ensemble elles commentèrent ce vol commis par Luis Llosa au détriment de son patron.

« Il ne compte donc pas retourner à l'atelier, dit Alice. Une chose m'intrigue : où s'est-il procuré le bois d'arrayán et qu'en faisait-il ?

— N'oublie pas que la police a trouvé chez Wilburg une quantité assez importante de ce même bois, rappela Marion. C'est lui qui en fournissait à Llosa.

— Tu as sans doute raison, approuva Alice. Ils font partie de la même bande. »

Mme Ramirez paraissait désolée. Elle ne se consolait pas des ennuis provoqués par l'enquête au sujet du mystérieux patrimoine.

Son mari la réconforta.

« Tu devrais te réjouir que des malfaiteurs soient mis hors d'état de nuire.

— Certes, répondit-elle, mais je serais plus contente si nos jeunes invitées avaient moins de soucis et plus d'agréments. »

M. Ramirez emmena les quatre amies à l'aéroport. Alice avait placé le disque gravé dans sa valise. L'avion pour Cuzco était d'un modèle assez ancien mais confortable et le décollage se fit en douceur.

Le paysage qui défilait au-dessous d'elles était si beau que les voyageuses arrivèrent à destination sans même s'être aperçues que les heures passaient.

Cuzco les étonna. La ville était beaucoup plus vaste qu'elles ne l'avaient imaginée.

« Comme cela doit être étrange de vivre à quelque quatre mille mètres d'altitude ! dit Bess.

— Oui, acquiesça Marion. Et pourtant ceux qui habitaient sur cette hauteur il y a des siècles étaient appelés "les gens de la vallée". »

Elles prirent un taxi. Carla demanda au chauffeur de leur faire faire un tour rapide de la ville avant de les conduire à l'hôtel.

Ce chauffeur parlait anglais et semblait être habitué à servir de guide. Il attira leur attention sur les pierres énormes qui étaient encore celles de très anciennes fondations, œuvre des Incas.

« Les Espagnols, après leur conquête, rasèrent temples et palais, ne laissant que les soubassements sur lesquels ils édifièrent de nouveaux monuments. »

Le chauffeur sourit et ajouta :

« Le dieu du Soleil les punit ; un beau jour la terre trembla, les édifices espagnols s'écroulèrent et il ne resta que les fondations. »

Les jeunes touristes ne savaient plus où regarder. Tout les passionnait : rues étroites, pierres taillées avec une si grande précision qu'elles s'emboîtaient les unes dans les autres sans laisser le moindre intervalle. Quoi d'étonnant à ce qu'un tremblement de terre ne pût rompre leur assemblage !

Le chauffeur arrêta enfin la voiture devant une église moderne bâtie, elle aussi, sur d'anciennes fondations incas.

« C'est là que se dressait le Temple du Soleil, expliqua-t-il. Au-delà s'étendait un parc merveilleux avec des arbres, des fleurs, et des statues toutes en or. À l'extrémité de ce parc, s'élevait un palais.

— Comme j'aurais aimé vivre en ce temps-là et contempler ces splendeurs ! » murmura Bess.

Le chauffeur prit un air amusé.

« Vous auriez porté une longue robe d'une seule pièce tissée avec de la laine d'alpaga. Vos cheveux, tressés et retenus par des rubans de laine multicolores, auraient formé de longues nattes. Vous auriez été chaussée de sandales ; un châle, couvrant votre tête et retombant presque à vos chevilles, aurait complété cet habillement. »

La description enchanta Bess qui voulut aussitôt se procurer un costume de jeune fille inca.

Le guide improvisé les emmena dans un magasin où Marion, Alice et Carla se laissèrent gagner par l'exemple de Bess.

Ensuite, il les conduisit à l'hôtel où elles avaient retenu des chambres. Avant de les quitter, le chauffeur leur conseilla de « ne pas se presser ».

« Si vous ne voulez pas attraper le "mal des hauteurs", dit-il, marchez lentement. »

Aussitôt après le déjeuner, pris au restaurant de l'hôtel, Alice décida de partir à la recherche de Mapohni et commença par interroger l'employé de la réception. Le vieil Indien était très connu.

Munies de son adresse, les jeunes filles se mirent en route. Bientôt, elles s'engageaient dans une rue tranquille et s'arrêtaient devant une demeure assez moderne.

« Je m'imaginais Mapohni vivant dans une hutte de pierre coiffée d'un toit de chaume, dit Carla avec un sourire amusé. Il est vrai que, de nos jours, les Indiens se sont adaptés. La plupart possèdent radio et télévision. Ils ne sont plus isolés du reste du monde. »

Alice frappa à la porte. Un homme à l'expression aimable lui ouvrit. Visiblement, il était d'ascendance inca. Mince, de taille moyenne, il avait une tête assez forte, des pommettes hautes, un nez aquilin, des yeux en amande comme ceux des Orientaux, de grandes mains mais des attaches très fines.

Ce qui frappait surtout, c'était son allure faite de distinction et d'assurance sans morgue.

« Monsieur Mapohni ? » demanda Alice.

L'homme sourit et répondit :

« *Munanki ! Imaynan caskianqui ?* »

Très fière, une lueur de malice dans les yeux, la jeune fille répliqua :

« *Hucclla, yusul paiki.* »

Mapohni parut déconcerté et ce fut en anglais qu'il reprit :

« Vous connaissez le quechua ? Entrez, je vous en prie. »

Et il les introduisit dans un salon confortable.

Alice expliqua qu'elle avait entendu parler de lui par le garde de la forêt d'arrayánes.

« Il m'a enseigné ces quelques mots de quechua et m'a dit que vous étiez un grand spécialiste de l'histoire inca.

— Ce compliment me flatte mais je ne le mérite pas, répondit l'Indien. Je me ferai cependant un plaisir de répondre à vos questions dans la mesure de mes moyens. »

Alice sortit le disque en bois du papier qui l'enveloppait tandis que Carla en résumait la légende.

« Pourriez-vous nous aider à déchiffrer ce rébus ? » demanda-t-elle en conclusion.

Mapohni examina les inscriptions. Tout à coup, dans la pièce, les objets se mirent à osciller.

L'Indien posa le bois gravé sur une table d'où il glissa aussitôt ; Alice réussit à le rattraper au vol. Le vieil homme avait entonné une mélopée en langue quechua.

« Que se passe-t-il ? » demanda Bess en regardant autour d'elle avec terreur.

Carla avait pâli.

« Un tremblement de terre ! » murmura-t-elle.

Chapitre 12

Un espion en herbe

L'Indien interrompit sa mélopée et fit signe aux jeunes filles de le suivre. Il les conduisit à la cuisine.

« La construction est d'origine inca, seul le toit est récent, dit-il. Ici vous serez en sécurité car les anciens murs sont inébranlables. »

Du dehors, parvenaient des cris d'effroi, des bruits de chutes d'objets. À l'exemple du vieil homme, les quatre amies s'assirent par terre, jambes croisées, et attendirent muettes d'effroi. Soudain, la terre cessa de trembler.

Chacun poussa un soupir de soulagement.

« Ouf ! J'espère que cela ne recommencera pas ! dit Carla.

— Qui sait ? répondit l'Indien avec le plus grand calme. Cependant, je crois que c'est fini. »

Les jeunes filles voulurent se rendre compte des dégâts causés dans le voisinage.

« Faites attention où vous posez les pieds », leur recommanda Mapohni.

Devant le seuil, un garçon d'une douzaine d'années gisait à terre ; il balançait la tête d'un côté et de l'autre tout en marmottant des paroles sans suite.

« Tu es sauvé, n'aie plus peur », dit Carla avec gentillesse.

Les yeux toujours fermés, le jeune garçon ne prêta aucune attention à elle. Il ne cessait de répéter les mêmes mots.

« Que dit-il ? » demanda Bess à l'Indien.

Mapohni paraissait décontenancé. Il traduisit :

« Oh ! Chat, je ne peux pas continuer. Le soleil m'a envoyé un signe. Vous dites qu'elle est une espionne ?... Non, non. Allez-vous-en, chat. Je ne veux plus travailler pour vous. Vous me commandez des choses mauvaises.

— Ce ne sont apparemment que propos dénués de sens, déclara Marion. Tout de même qu'est-ce que cela peut bien signifier ?

— Je l'ignore », répondit le vieil Indien.

Il secoua le jeune garçon, qui ouvrit les yeux et

promena autour de lui un regard égaré. Mapohni l'aida à se remettre debout, puis l'interrogea en quechua.

Une expression de frayeur apparut sur le visage de l'adolescent. Il poussa un cri et détala à toute vitesse.

« Faut-il le rattraper ? demanda Marion.

— Oui ! » s'écria Alice.

L'Indien la retint par le bras.

« Non, dit-il fermement. Ce garçon n'a rien fait de mal et il faut éviter de courir dans cette atmosphère raréfiée.

— Mais il se peut qu'il ait un lien quelconque avec notre affaire, intervint Carla. Il a parlé du "chat". Ce El Gato dont je dois me garder...

— Oui, précisa Alice. El Gato est recherché par la police péruvienne et par celle de mon pays. Il nous veut du mal, or si le garçon l'avertit que nous sommes ici, nous sommes en danger.

— Je suis désolé de vous avoir empêchées de le poursuivre, fit Mapohni. Maintenant, il est trop tard. »

Alice voulut savoir si l'Indien avait entendu parler d'El Gato.

« Non, et je ne connais pas non plus le jeune garçon qui s'est enfui. Pourtant, je connais tous les Indiens de Cuzco. Il n'est certainement pas d'ici.

— En ce cas, il est possible qu'il soit venu sur l'ordre d'El Gato », déclara Bess.

Alice émit une hypothèse rassurante : le jeune espion effrayé par le tremblement de terre ne travaillerait plus jamais pour El Gato. Elle fournit ensuite quelques explications supplémentaires à

Mapohni sur leurs aventures depuis le départ de River City.

« Soyez sur vos gardes, conseilla le vieil Indien, vous semblez avoir affaire à des hommes résolus et sans scrupules ! »

Il pria les jeunes filles de rentrer chez lui afin qu'il reprenne l'examen de la plaque gravée. Après l'avoir étudiée un long moment, il renonça à percer le mystère.

« Je vais toutefois vous apprendre quelque chose. Lorsque j'étais enfant, ma grand-mère nous racontait souvent l'histoire d'un artiste espagnol, homme distingué et entreprenant. Venu d'abord à Cuzco, il avait continué sa route jusqu'à Machu Picchu en compagnie d'un jeune Indien. Là les gens lui firent bon accueil et apprécièrent ses œuvres. Mais, pour une raison inconnue, on l'emprisonna. Je ne saurais vous dire combien de temps dura sa captivité. Toujours est-il qu'un beau jour il s'enfuit avec le jeune Indien et se réfugia ici. L'Indien connaissait un prêtre inca qui les traita avec amitié. Néanmoins quand il voulut savoir pourquoi l'Espagnol avait été emprisonné, celui-ci refusa de répondre. Peu après, les deux hommes disparurent et nul n'entendit plus parler d'eux. Avant de mourir, le prêtre inca reconnut avoir facilité leur fuite. Cet artiste était peut-être votre grand-père, mademoiselle ? »

Cette question s'adressait à Carla qui, aussitôt, demanda :

« Cet artiste s'appelait-il Aguilar ? »

Mapohni secoua la tête.

« Ma grand-mère n'a pas prononcé un nom espagnol mais quechuan... que j'ai d'ailleurs oublié. »

Alice restait songeuse.

« Pourquoi a-t-il refusé de répondre au prêtre inca qui lui témoignait de l'amitié ? »

Après une courte discussion, les jeunes filles retinrent deux hypothèses : l'homme avait découvert un secret qu'il préférait garder par-devers lui, ou encore, il avait recueilli des informations d'un genre particulier dont il voulait rester seul détenteur jusqu'à ce qu'il ait pu entrer en rapport avec les siens demeurés à Lima.

« Plus j'y réfléchis, plus je suis convaincue que cet homme était mon aïeul, dit Carla.

— C'est possible, concéda Alice. Certes il vivait à une époque de grands aventuriers, mais les artistes européens ne devaient guère se risquer à les imiter. »

Mapohni les avait écoutées en silence. Il intervint :

« Vous croyez, avez-vous dit, que, traduites, les inscriptions gravées sur ce disque de bois vous conduiraient à une découverte intéressante, un trésor peut-être ? Qu'espérez-vous trouver ? De l'or inca ?

— Qui sait ? répondit Marion. Tout est possible. Cela dit, la première chose à faire, c'est de déchiffrer ce rébus et parvenir ensuite à l'emplacement où ce "fabuleux" trésor serait caché.

— Je vous conseille de vous rendre à Machu Picchu, reprit l'Indien. Nul ne sait ce qui causa la destruction de cette cité mais on pense que des richesses sont encore enfouies sous ses décombres. »

Les jeunes filles remercièrent l'Indien de son

aide. Avant de les laisser partir, il leur proposa de les emmener le lendemain voir les ruines de Sacsahuamán.

« Elles sont situées juste à l'extérieur de la ville et méritent la peine d'une visite. Sacsahuamán est une ancienne forteresse. »

Cette proposition fut, bien entendu, acceptée avec enthousiasme.

Le lendemain, Mapohni vint prendre les quatre amies à l'hôtel. Il possédait une voiture rapide et confortable et conduisait avec une grande maîtrise. Les jeunes touristes contemplèrent avec stupeur les ruines imposantes.

« Comme c'est beau ! » s'extasia Bess.

Alice ne se lassait pas de regarder les énormes blocs de roche calcaire formant un mur à trois étages haut de près de vingt mètres et long de six cents mètres.

« Certains de ces blocs pèsent deux cents tonnes, dit l'Indien. Ils furent amenés sans aucun appareil mécanique. Les hommes les faisaient basculer, inlassablement, en utilisant des troncs d'arbres comme leviers.

— Et comment les posaient-ils les uns sur les autres ?

— On élevait de grands monticules de terre et on tirait les pierres jusqu'au sommet, là, on les mettait en place. Ensuite on surélevait le monticule pour hisser la rangée de pierres suivante au-dessus de la précédente.

— Quel travail extraordinaire ! Et quel remarquable esprit d'invention ! fit Alice. J'aimerais monter tout en haut et jeter un coup d'œil alentour. »

Ses amies voulurent l'accompagner.

« Allez-y, mais soyez prudentes ! recommanda l'Indien. Je vous attendrai ici. »

Pendant que les jeunes touristes et leur guide conversaient ainsi, une automobile avait contourné la forteresse en roulant sur l'herbe et s'était arrêtée à quelque deux cents mètres d'eux, à l'extrémité du mur.

Ils crurent d'abord que le conducteur était seul, puis ils virent un homme se lever de la banquette arrière, descendre et disparaître derrière le mur. Sous son veston, il portait un objet qu'il semblait vouloir dissimuler.

« Que tient-il ? demanda Carla.

— Je n'en ai pas la moindre idée », répondit Alice, sans y attacher d'importance.

Les jeunes filles entreprirent l'escalade de la paroi. Plus habile que ses amies à trouver des prises pour se hisser, Alice parvint avant elles au premier niveau. Elle parcourut rapidement le redan et, sans les attendre, monta à l'étage supérieur. Bientôt, Carla, Bess et Marion la perdirent de vue.

Le spectacle qui s'étendait à ses pieds retint Alice un bon moment, puis elle voulut redescendre.

Parvenue à cinq mètres du sol, elle entendit du bruit au-dessus d'elle. Levant la tête, elle aperçut, l'espace d'un éclair, le pied d'un homme.

La surprise la cloua sur place. Fraîchement peinte en rouge sur un grand bloc, la tête d'un chat semblait ricaner !

Chapitre 13

El Gato

Encore le chat !

« C'est peut-être El Gato lui-même qui a tracé ici son emblème ! » pensa Alice.

Elle essaya d'avancer la tête hors de l'angle du mur, mais elle faillit perdre l'équilibre.

« Si seulement je pouvais voir plus que son pied ! » se disait-elle en proie à une colère froide.

Elle voulut s'assurer que l'homme avait regagné la voiture et regarda en bas. Le chauffeur était seul et attendait.

Alice changea de position pour mieux voir ce qui se passait au-dessus d'elle. Elle aperçut un bras ; il disparut aussitôt puis reparut. Cette fois, la main tenait un seau d'où dégoulinait de la peinture rouge.

« Que va-t-il dessiner à présent ? » se demanda-t-elle, surprise.

Comme elle continuait à observer, fascinée, la main se balança soudain en avant. Avec une force considérable, celui qui se cachait venait de lancer le seau droit sur Alice.

Que faire ? Impossible de courir. Prenant une résolution désespérée, Alice sauta.

Elle réussit à atterrir avec légèreté mais non sans se faire mal. Le choc avait été si rude que, le souffle coupé, elle s'assit et resta immobile. Sur l'herbe, à deux mètres d'elle, la peinture formait une tache gluante et rouge.

Deux minutes plus tard, entendant le bruit d'un moteur, Alice tourna la tête et vit de dos un homme qui montait à l'arrière de la voiture. Il s'accroupit sur le plancher et le chauffeur démarra très vite.

« Alice ! »

C'était Marion qui accourait.

« Que t'est-il arrivé ? »

Bess et Carla la suivaient, très inquiètes. D'une voix faible encore, elle les rassura. Après quelques instants de repos, elle put enfin raconter son aventure.

« El Gato ! s'écria Carla, horrifiée. C'est affreux de songer qu'il nous a suivies jusqu'ici ! Nous ne sommes en sécurité nulle part !

— Je le crains, répondit Alice. En tout cas, ce chat rouge est un avertissement. »

Bess le photographia afin que son amie pût l'examiner à loisir et, éventuellement, le comparer avec d'autres.

À pas lents, elles regagnèrent la voiture où Mapohni les attendait. Il fut bouleversé en apprenant l'attentat dont Alice avait fait l'objet.

« Si j'avais su, dit-il, j'aurais relevé le numéro de cette automobile. Mais une idée me vient ; j'interrogerai les commerçants de Cuzco qui vendent cette marque de peinture. »

L'Indien suggéra de remettre au lendemain la visite projetée à Machu Picchu.

Carla approuva la proposition et convint avec Alice et les deux cousines de garder secret leur changement de programme. Dès leur retour à l'hôtel, elle pria l'employé à la réception de ne dévoiler leur présence à personne.

Il pleuvait. Bess se plaignit d'avoir froid. Comme il y avait un radiateur électrique dans leur chambre, elle le mit en marche et ferma les fenêtres.

« Qu'est-ce qui te prend ? intervint Marion. N'as-tu donc pas lu la notice affichée à la porte où il est précisé ce que les touristes *doivent et ne doivent pas* faire à cette altitude ? Il est dit, entre autres, qu'il faut dormir la fenêtre ouverte et utiliser le moins possible le système de chauffage. »

Bess poussa un soupir à fendre l'âme, éteignit le radiateur et ouvrit les fenêtres.

« Résignons-nous donc à geler ! » dit-elle d'un ton lugubre.

Marion éclata de rire.

« Encore un avis qui te concerne : ne prenez que des repas légers. »

Bess lui fit une grimace. Impitoyable, sa cousine poursuivit :

« Et si vous vous sentez mal, sonnez la femme de chambre ; elle vous apportera un ballon d'oxygène. »

Deux heures plus tard, on frappa à la porte. C'était Mapohni.

Il refusa d'entrer.

« J'ai trouvé un magasin où l'on se rappelle avoir vendu un pot de peinture rouge à quelqu'un qui est sûrement étranger à la ville. La description de cet homme correspond-elle à quelqu'un que vous connaîtriez : petit, regard fuyant, cheveux bruns presque noirs, bras très poilus ? »

Alice et Carla s'écrièrent ensemble :

« Luis Llosa !

— D'où est-il ?

— De Lima, répondit Alice. Je le soupçonne d'être El Gato.

— Mais comment Luis Llosa a-t-il pu savoir que nous étions ici et deviner que nous irions à la forteresse ? s'étonna Bess.

— Un être aussi rusé et aussi fourbe n'éprouve aucune difficulté à connaître les faits et gestes de ceux qu'il traque. De plus, il ne travaille pas seul. Je ne serais pas étonnée de le voir surgir à Machu Picchu !

— En ce cas, ne comptez pas sur moi », déclara Bess d'un ton ferme.

Mapohni eut un sourire apaisant.

« Il ne faut pas que vous manquiez cette excursion. Je vais prier la police de surveiller les agissements de cet homme — et je vous accompagnerai à Machu Picchu. »

Bess parut soulagée et remercia le vieil Indien.

Le lendemain les jeunes filles et leur guide prenaient le train à crémaillère qui devait les amener à destination.

Le voyage fut très pittoresque. À chaque arrêt, des enfants aux yeux brillants accouraient de leurs chaumières et se massaient autour des touristes.

Bess s'extasiait sur leur beauté et leur gentillesse, mais leur pauvreté l'attristait.

À la petite gare de Machu Picchu, des cars attendaient les voyageurs pour les monter jusqu'à l'hôtel installé près des ruines. Le ciel s'était assombri, une pluie fine se mit à tomber.

Comme Bess se lamentait, Mapohni la rassura.

« À cette altitude, il y a beaucoup de brume ; elle ne persiste pas longtemps. Il pleut puis, tout à coup, le soleil brille. Ne vous inquiétez pas. Vous verrez les ruines. »

À la descente d'autocar le ciel s'était éclairci et Alice ne voulut pas entrer dans l'hôtel tellement le spectacle la fascinait. À des centaines de mètres au-dessous d'eux, l'Urubamba serpentait tel un ruban de moire brune. Les sommets se dressaient à l'arrière-plan et, çà et là, elle apercevait les jardins en terrasses où les Incas cultivaient jadis fleurs et légumes.

« Ne reste pas sous la pluie, lui dit Marion. Rentre. »

Alice suivit à regret ses amies à l'intérieur de l'hôtel. On leur désigna deux chambres et on les prévint que le déjeuner ne tarderait pas à être servi.

Elles montèrent aussitôt se changer et Alice rangea le disque gravé dans un tiroir de la commode.

Mapohni les attendait dans la salle à manger. Ils choisirent une table près d'une grande baie ouverte. Marion s'assit, le dos à la vue.

Bess apprécia beaucoup le repas. Comme elle mordait dans une grosse part de gâteau avec une mine gourmande, elle ouvrit de grands yeux et s'arrêta net.

« Marion ! cria-t-elle. Sauve-toi. Cette bête va te mordre ! »

Chapitre 14

L'alpaga

Marion bondit sur ses pieds et s'éloigna de la baie. Mapohni éclata de rire.

« Cette "bête", dit-il, ne nourrit aucune mauvaise intention. C'est un alpaga — animal herbivore —, grand ami de l'homme. »

À l'appui de ses paroles, il prit un peu de salade restée dans une assiette et la tendit à l'alpaga qui la mâchonna tranquillement.

Aussitôt Marion, qui maintenant riait elle aussi, offrit elle-même une autre feuille à l'animal.

« Désolée, mon vieux, fit-elle, ici on ne sert pas d'herbe. »

L'hilarité fut générale à la table des jeunes filles et ce fut à qui chercherait des feuilles de salade sur les autres tables. Quand elles n'eurent plus rien à lui présenter, l'alpaga les regarda avec reproche et poussa des « na-aah, na-aah ! » indignés.

À ce moment un serveur entra et le chassa en claquant des mains. L'animal détala, la tête dédaigneusement rejetée en arrière sur son long cou. Il rejoignit sa femelle et deux petits qui l'attendaient un peu plus bas.

« Comme ils sont mignons ! s'exclama Bess. Si j'en ai l'occasion, je les photographierai. »

Mapohni fournit à Alice et aux deux cousines quelques renseignements sur les alpagas.

« Leur toison est très recherchée. D'ordinaire blanche, elle est parfois mêlée de poils gris ou bruns. La laine, assez douce, sert à confectionner des vêtements — mais elle reste d'un prix élevé.

— Est-ce la plus belle qualité de laine ? s'informa Bess.

— Non, la plus belle laine du monde est celle du vicuna ; plus petit que l'alpaga, il lui ressemble beaucoup, et sa toison est douce et soyeuse. Dans les temps anciens, seuls les souverains et les membres de l'aristocratie avaient le droit de porter cette laine. »

Le vieil Indien ajouta que, au Pérou, on tissait aussi la laine des lamas.

« Ces animaux, dit-il, ont été employés pendant

des siècles pour porter les fardeaux. Ils sont grands et forts, leur laine est rugueuse et grasse ; on s'en sert pour fabriquer des couvertures épaisses, des sacs, des cordes, des harnais. Jadis c'est avec elle que les pauvres tissaient leurs vêtements.

— Et le cuir sert pour les sandales, n'est-ce pas ?

— Oui, et pour beaucoup d'autres choses encore », répondit l'Indien.

Entre-temps, le repas s'était achevé. Il ne pleuvait plus, le soleil brillait. Bess pria Alice de prendre une photo d'elle assise sur un alpaga.

« Et que personne ne lui administre une claque sur l'arrière-train. Je n'ai pas la moindre envie de faire une chevauchée fantastique ! » déclara-t-elle.

Elles sortirent. Bess s'approcha doucement de l'animal qui broutait au bord du chemin et sauta sur son dos.

Aussitôt l'alpaga s'agenouilla puis se coucha sur la route.

« Méchante bête ! gronda Bess. Veux-tu bien te lever. »

Elle eut beau faire, il refusa d'obéir à ses injonctions. En riant, Alice appuya sur le déclic de l'appareil.

Mapohni avait contemplé la scène avec une expression amusée.

« Mademoiselle Bess, dit-il, vous devez peser plus de cinquante kilos parce que c'est la charge extrême qu'un alpaga consent à porter. Au-delà, quoi qu'on fasse, il s'obstine à ne pas bouger. Vous feriez mieux de descendre. »

Bess obtempéra, non sans jeter un regard furieux à sa cousine qui riait de tout son cœur.

Alice s'impatientait. Elle brûlait de voir la grande merveille archéologique et de poursuivre sa chasse au mystère. Mapohni prit la tête de l'expédition et s'engagea sur un chemin montant.

À leur gauche, la montagne s'élevait en pente raide coupée par d'étonnantes séries de terrasses dont la largeur variait de cinq à dix mètres.

De nombreux escaliers de pierre reliaient ces terrasses d'où partaient des allées circulant entre des maisons de pierre plus ou moins en ruine. Mapohni apprit aux jeunes filles qu'elles étaient autrefois hautes d'environ trois mètres et couvertes d'un toit de chaume.

« Les archéologues pensent, dit-il, que les travailleurs vivaient dans une partie de la ville, les membres de l'aristocratie dans l'autre. Leur conviction s'appuie sur le fait que certaines maisons étaient mieux bâties et comportaient des pièces plus vastes. Tout à fait au sommet, se dressait un très bel édifice, sorte de couvent. C'est là que vivaient les prêtresses du Soleil. Comme les religieuses d'aujourd'hui, les vierges consacrées au dieu passaient leur temps aux offices religieux ou bien elles tissaient. »

Bess regarda la rivière tout en bas.

« Ce serait facile de dégringoler du haut de cette ville dans la rivière, remarqua-t-elle en frissonnant.

— Peureuse ! » fit Marion.

Suivant leur guide, les jeunes filles se promenèrent dans les anciennes rues, étroites et tortueuses.

Alice essayait d'imaginer la ville telle qu'elle était au temps de sa splendeur.

Elle entra dans un édifice, plus vaste que ceux

qu'elles avaient déjà visités, et constitué de plusieurs salles en enfilade.

Comme elle en ressortait, elle ne vit plus ses compagnons. Pensant qu'ils avaient descendu une volée de marches toute proche, elle s'y engagea. Arrivée au bas, elle suivit un sentier longeant une pente vertigineuse qui aboutissait à une vallée.

À ses pieds et au-delà s'étendait une vue admirable. Soudain, Alice fut arrachée à sa contemplation par un bruit inquiétant. Elle se retourna et vit une énorme balle de chaume rouler à toute vitesse dans sa direction. Si cette balle la heurtait au passage, Alice basculerait dans le vide. Au moment où le projectile arrivait sur elle, d'un puissant élan elle sauta par-dessus. La balle franchit le rebord du sentier et disparut.

Tremblant de tous ses membres, Alice regarda autour d'elle car elle entendait une voix. Non loin, un ouvrier indien se servait de chaume pour couvrir une petite maison de pierre en voie de restauration. D'un geste du bras, il lui montra l'escalier.

« Señor ! » cria-t-il.

Alice ne vit rien. La balle avait-elle été délogée accidentellement ou lancée de propos délibéré ?

L'ouvrier continuait à tendre le bras et à crier :

« Señor ! »

Alice comprit qu'il avait vu quelqu'un pousser la balle. Elle courut vers l'Indien et lui demanda :

« Qui était-ce ? Pouvez-vous me le décrire ? »

Levant les mains avec une expression désolée, l'homme lui fit comprendre qu'il ne parlait pas anglais.

« Espagnol ? » fit Alice, espérant se débrouiller avec le peu qu'elle savait de cette langue.

De nouveau l'homme hocha la tête. Elle en conclut qu'il ne connaissait que le quechua. Une solution s'imposait : rejoindre Mapohni et le prier d'interroger le couvreur.

Après avoir longtemps erré à la recherche de ses amies et de l'Indien, Alice les aperçut enfin. En la voyant, Bess se jeta dans ses bras.

« Quelle peur tu nous as faite ! Figure-toi que nous avons vu cet horrible Luis Llosa.

— Où ?

— Dans les ruines », répondit Carla.

Alice leur raconta brièvement les secondes angoissantes qu'elle venait de vivre.

« Séparons-nous et lançons-nous à sa poursuite ! » s'écria Marion, toujours intrépide.

Chapitre 15

Une lime révélatrice

Bess, Marion et Carla se mirent aussitôt en quête du misérable.

Avant d'en faire autant de son côté, Alice demanda à Mapohni d'interroger l'ouvrier quechua.

Entre-temps, plusieurs groupes de touristes étaient arrivés dans les ruines. Tous furent questionnés par Carla et les deux cousines : avaient-ils vu un homme répondant à la description de Luis Llosa ? Hélas ! La réponse était toujours négative.

Fatiguée, Bess s'arrêta un moment pour reprendre souffle et se perdit un instant dans ses pensées. Un bruit de voix l'en tira. Au début, Bess n'y prêta pas attention.

Soudain, elle crut reconnaître la voix de Luis Llosa.

« Débrouillez-vous comme vous voudrez, je ne veux pas le savoir, disait-il. Il faut qu'Alice Roy retourne au plus vite dans son pays. »

Le cœur de Bess se mit à battre plus vite. Que faire ? Était-il prudent de se montrer et d'exiger une explication ?

« Non, ce serait folie ! Il se jetterait sur moi et je ne pourrais plus avertir Alice », raisonna-t-elle sagement.

Elle se leva, regarda autour d'elle. Personne en vue. D'où venaient ces voix ? D'un pas rapide, elle parcourut plusieurs ruelles et passages, sans apercevoir Luis Llosa.

« Il faut que je prévienne Alice ! » se répétait-elle.

En désespoir de cause, elle se mit à appeler son amie. Aucune réponse ne lui parvint.

Une pensée lui traversa l'esprit. Le disque gravé ! Luis Llosa n'allait-il pas mettre à profit leur absence momentanée de l'hôtel pour s'en emparer ? Certes, il avait relevé l'empreinte des inscriptions mais n'ayant sans doute pas réussi à les déchiffrer, il ferait n'importe quoi pour empêcher Alice d'y parvenir avant lui.

Aussitôt Bess prit la direction de l'hôtel. Elle demanda à la réception la clef de la chambre de Carla et d'Alice, courut au premier étage, ouvrit la porte, se précipita vers la commode : le précieux disque reposait toujours au fond du tiroir où son amie l'avait placé.

« Dieu soit loué ! » fit Bess en s'effondrant sur une chaise.

Des minutes s'égrenèrent, personne ne venait. Bess commençait à croire que son intuition l'avait trompée quand elle entendit des pas dans le couloir. Elle se rua vers la porte dont, sans bruit, elle ferma la serrure à clef.

Quelqu'un s'arrêta devant sa chambre. Elle retint son souffle, tendit l'oreille. La poignée tourna. La serrure tint bon. Puis elle entendit grincer une lime.

« On essaie de forcer la serrure ! Que faire ? » se demanda-t-elle. Dans son affolement, elle ne songea même pas à appeler la réception au téléphone.

Elle avait peur de rester immobile, plus peur encore de crier.

Livide, les traits crispés, elle ne quittait pas la porte des yeux. Soudain, elle vit la pointe d'une lime glisser à travers la fente. Quelques secondes plus tard, la lime passait de plus de deux centimètres.

La bouche sèche, les mains tremblantes, Bess restait figée. D'un instant à l'autre, l'homme allait entrer.

Enfin, le danger réveilla son énergie et d'un coup sec, elle tira la lime. L'outil vint tout entier.

Des imprécations à demi étouffées se firent entendre, quelqu'un ébranla la porte à coups de pied, puis s'éloigna en courant et ce fut le silence. Épuisée, à bout de nerfs, Bess s'étendit sur un divan, sans lâcher la lime.

Pendant ce temps, là-haut à Machu Picchu, ses amies et le vieil Indien continuaient à chercher Luis

Llosa dans les ruines. Enfin Marion rencontra une femme corpulente.

En réponse à la question que lui posait la jeune fille, elle la fustigea du regard et dit d'une voix rauque :

« Quelle génération ! Vous n'avez pas honte de courir après un homme qui ne veut pas de vous ! »

Interloquée, Marion se défendit.

« Vous vous méprenez, madame. C'est un voleur que nous poursuivons.

— Un voleur ! s'écria la virago, les yeux exorbités. Que ne le disiez-vous tout de suite ? »

Marion réprima l'envie de répliquer qu'on ne lui en avait pas laissé le loisir et se contenta de répéter sa question.

« L'avez-vous vu ?

— Oui.

— Il est recherché par la police de Lima. »

La femme tendit le bras en direction de l'hôtel.

« Il s'en allait par là-bas, dit-elle. Je vous conseille de faire vite si vous voulez le rattraper. »

Marion la remercia et s'éloigna en courant.

Arrivée à l'hôtel, elle prit la clef de sa chambre et monta. En l'entendant, Bess ouvrit la porte de communication.

« Oh ! Marion ! Comme je suis contente de te voir. »

Et sans reprendre haleine elle dévida son histoire.

« Bravo ! » la félicita sa cousine quand elle eut terminé.

Toujours taquine, elle ajouta :

« Une fois n'est pas coutume : tu as réfléchi avant

d'agir et tu as su dominer ta peur — légitime, je le reconnais. »

Elle lui expliqua ensuite pourquoi elle était accourue à son tour. Toutes deux conclurent que c'était Luis Llosa qui avait tenté de forcer la serrure.

« Nous voilà débarrassées de lui ! Ouf ! soupira Bess.

— Que veux-tu dire ?

— En jetant un coup d'œil par la fenêtre, je l'ai vu monter en voiture et démarrer sur les chapeaux de roues. »

Bess rapporta les quelques phrases échangées entre Luis Llosa et un complice dans les ruines.

« Je me demande qui était ce complice. Il est peut-être resté là-haut. Pourvu qu'il n'attaque pas Alice !

— Nous n'avons pas un instant à perdre », s'écria Marion.

Elle prit la lime avec son mouchoir et l'examina :

« Luis Llosa a dû laisser ses empreintes dessus... toi aussi, d'ailleurs. Oh ! Regarde, il y a un nom gravé : Velez. C'est un des outils qu'il a volés au sculpteur sur bois. »

Elle rangea la lime dans le tiroir de la commode, à côté du disque.

« Partons vite ! » dit-elle.

Le soleil disparut, un rideau de pluie obscurcit le paysage.

Au même moment, Carla entrait dans la chambre.

« Je suis arrivée juste avant l'averse, dit-elle. Mapohni est en bas. À propos, la description faite par l'ouvrier quechua de l'homme qui a lancé la balle de chaume convient exactement à Luis Llosa.

— Quel être ignoble ! » fit Marion.

Et elle mit la jeune Péruvienne au courant des derniers faits et gestes de Llosa.

« Mais où est Alice ? s'inquiéta tout à coup Carla.

— Puisque la pluie a ramené les touristes à l'hôtel, Alice doit être en bas avec eux, répondit Marion. Nous nous apprêtions à partir la chercher, ce n'est plus la peine. »

Les jeunes filles sortirent de leur chambre dont elles refermèrent soigneusement la porte et descendirent au rez-de-chaussée.

Assis à des tables ou se promenant dans le hall, des groupes conversaient. Alice n'était pas parmi eux. Carla et les deux cousines allèrent trouver Mapohni qui se reposait au salon. En apprenant qu'Alice n'était pas rentrée et que Luis Llosa s'était de nouveau manifesté, il s'inquiéta.

« Après avoir quitté l'hôtel, il se peut qu'il soit retourné furtivement là-haut et y ait trouvé Mlle Roy.

— Quelle horreur ! s'écria Carla. Il y a aussi le complice que nous oubliions.

— Une seule chose nous reste à faire : partir à la recherche d'Alice, déclara Marion, l'air résolu. Peu importe qu'il vente ou qu'il pleuve ! »

Chapitre 16

Les pierres sacrées

Protégés par des imperméables et des chapeaux de pluie, Marion, Bess, Carla et Mapohni se hâtèrent de gagner de nouveau les ruines. Parvenus en haut, ils se mirent à crier de toutes leurs forces :

« Alice ! Alice ! »

Seul l'écho leur répondit.

Bess était au bord des larmes.

« Il lui est arrivé malheur, j'en suis sûre ! » gémit-elle.

Marion la réprimanda vertement.

« Cela ne sert à rien de pleurer. Gardons notre optimisme. Alice s'est tirée saine et sauve de situations qui semblaient désespérées. Pas de défaitisme, je t'en prie.

— Tu as raison, reconnut Bess. Je ne me comporterai plus en mauviette. »

Mapohni et les jeunes filles continuèrent à appeler. Alice ne répondait toujours pas.

« Nous ne sommes pas encore descendus sur l'autre versant, dit enfin le vieil Indien. Allons-y. Si nos recherches restent sans résultat, nous alerterons la police. »

Ils montèrent au sommet et inspectèrent la pente qui se révéla à leurs yeux. Bess poussa un cri de joie :

« La voilà ! »

Un spectacle pittoresque s'offrait à eux : sur l'herbe, entre d'épais buissons, un poncho tendu sur quatre pieux formait une sorte d'abri. Au-dessous, assis en tailleur à même le sol, se tenaient Alice et un vieil Indien. Elle écrivait sur un bloc-notes ce que sans doute lui contait son compagnon. Absorbée dans sa tâche, elle ne s'était pas aperçue de la présence de ses amies.

« Alice ! » cria Marion en dévalant la pente, suivie de Bess, de Carla et de Mapohni.

Surprise, la jeune détective leva la tête et, rayonnante, annonça :

« Si vous saviez quelles précieuses informations j'ai recueillies ! Comme je suis heureuse de vous voir, Mapohni. Cet homme ne parle que le quechua. J'ai essayé de transcrire les mots selon leur prononciation et de comprendre ses gestes. »

Pansitimba, tel était le nom de l'interlocuteur d'Alice, s'entretint aussitôt avec son compatriote.

« Comment diable as-tu pu engager la conversation avec cet homme et comment oses-tu prétendre qu'il t'a éclairée, puisque vous ne pouvez pas vous comprendre ? » demanda Bess à Alice.

Celle-ci eut un sourire taquin.

« Je lui ai dit : *Munanki ! Imaynan caskianqui ?* Tu as oublié ? "Bonjour ! Comment allez-vous ?"

— Et ensuite ? fit Carla, impatiente.

— J'ai prononcé le nom d'Aguilar. Il a sursauté et s'est mis à parler très vite en répétant souvent ce même nom. Comme je ne comprenais rien à ses discours, j'ai pensé que le mieux était de transcrire phonétiquement ses paroles et d'essayer de les faire traduire ensuite par Mapohni. »

Les deux Indiens continuaient à discuter. Enfin Mapohni se tourna vers les jeunes filles :

« Dans la famille de Pansitimba, dit-il, court une légende selon laquelle un de leurs ancêtres aurait été au service d'un Espagnol appelé Aguilar.

« Les Indiens de Machu Picchu n'avaient jamais vu d'homme blanc, aussi crurent-ils que c'était un dieu. Cette croyance fut renforcée par les remarquables dons artistiques d'Aguilar. Il avait apporté du papier, des couleurs et des pinceaux et il exécuta les portraits du chef des Incas et des hauts dignitaires de l'Empire.

« Mais bientôt, ils s'inquiétèrent et les prêtres

craignirent son emprise sur le peuple. Pour parer à ce risque ils l'emprisonnèrent.

— Comme c'est triste ! soupira Bess.

— Oh ! Aguilar ne resta pas longtemps prisonnier, reprit le vieil Indien avec un sourire. Il était trop malin ! Peu après il s'enfuit en compagnie de son serviteur. Et on ne les revit jamais. »

Un silence suivit. Chacun songeait à cette étrange destinée.

« Pourriez-vous demander à Pansitimba, demanda enfin Alice, si dans le récit il était fait allusion à un trésor connu de l'Espagnol ou de son serviteur ? »

La réponse fut négative.

« Dans sa tribu existe-t-il une légende relative à la destruction de Machu Picchu ? voulut encore savoir Alice. En connaît-il la cause ? »

Avant que le vieil Indien ait pu répondre, une averse brutale s'abattit sur la montagne tandis qu'une rafale emportait le poncho et arrachait les pieux.

Marion courut après le poncho, ses amies après les pieux qui roulaient au bas de la pente abrupte. Elles les rattrapèrent non sans peine.

« Tu es trempée ! Il faut que tu rentres te changer tout de suite, dit Carla, voyant Alice revenir la dernière sans autre protection que son seul chandail.

— Non, je veux écouter la fin du récit de Pansitimba », protesta la jeune fille.

Après une courte discussion, Pansitimba accepta de se rendre à l'hôtel : Alice pourrait ainsi lui montrer le disque gravé et lui poser d'autres questions par le truchement de Mapohni.

Le groupe redescendit lentement vers l'hôtel. Alice alla d'abord se changer et se sécher les cheveux, puis elle rejoignit ses amis au salon, munie du précieux plateau de bois.

« Vous voulez savoir pourquoi Machu Picchu n'est plus que décombres ? » demanda Mapohni aux jeunes filles.

Elles acquiescèrent.

« Dans la tribu de Pansitimba, on raconte que, peu de temps après la fuite d'Aguilar, des explorateurs espagnols et quelques Indiens soudoyés par eux investirent la cité et la ravagèrent. Ce fut un massacre effroyable. Ils emmenèrent les femmes et les adolescentes, tuèrent presque tous les hommes dont ils jetèrent les corps dans le fleuve.

— Quelle horreur ! s'exclama Bess.

— Rien ne fut épargné, reprit le guide. Aucune peinture, aucune gravure, aucune inscription ne restent pour perpétuer l'image réelle de cette ville splendide.

— Il y a une chose que je ne comprends pas, intervint Alice : que sont devenues toutes les grandes pierres qui servirent à édifier temples et habitations ? Il n'en reste que peu sur place. »

Mapohni traduisit la question à Pansitimba.

L'Indien haussa les épaules et répondit :

« À en croire la légende, des gens vinrent par la suite et les prirent. Machu Picchu étant une cité sainte, sans doute pensaient-ils que le fait de posséder une de ses pierres leur porterait chance. »

Alice montra ensuite le disque à Pansitimba. Il

l'examina longuement, puis sur un papier que Mapohni lui procura, à sa requête, il transcrivit les mots gravés : *mono, cola, mesa.*

Les jeunes filles retenaient leur souffle.

Le dernier mot allait-il enfin être déchiffré ?

Chapitre 17

Habile contrebande

« Le dernier mot est *china* ! s'écria Carla qui lisait par-dessus l'épaule de l'Indien.

— Qu'est-ce que cela veut dire ? demanda vivement Alice.

— Beaucoup de choses : chinois, porcelaine de Chine et même cailloux ou galets.

— Cailloux ou galets ! » répéta Alice.

Le regard perdu au loin, elle réfléchissait.

« Peut-être devrions-nous chercher une *mesa* de cailloux ? reprit-elle.

— Avec une queue de singe dessus », plaisanta Marion.

Les autres se mirent à rire. Mais le silence s'établit bientôt. Chacun essayait d'imaginer dans quel sens Aguilar avait employé le mot *china*.

Tout à coup, Pansitimba dit quelque chose à Mapohni. Les deux hommes se lancèrent alors dans une conversation animée tandis que les jeunes filles se regardaient, perplexes.

« Il se peut que Pansitimba ait trouvé la clef de l'énigme, leur dit enfin Mapohni. Avez-vous entendu parler de Nazca ?

— Certes, répondit Carla. C'est une riche oasis à près de trois cents kilomètres au sud de Lima et un des foyers de culture précolombienne.

— Oui, approuva le guide, et elle possède des céramiques admirables. Elle est entourée de dunes de galets, sorte de vaste plateau désertique dont la hauteur atteint soixante mètres et qui est situé à une centaine de kilomètres de l'océan. »

Mapohni se tut un moment puis il poursuivit :

« Jadis — on ne sait pas avec exactitude à quelle époque — des figures géantes furent tracées sur le terrain. Ces dessins sont encore visibles et portent le nom des Nazcas dont les céramiques ont été retrouvées non loin de là. Je ne suis jamais allé voir ces vestiges d'un passé fabuleux, mais on m'a dit que, d'un avion, on les distingue parfaitement. Certains rappellent les traits reproduits sur votre disque ou représentent des formes variées, y compris des singes. »

Alice eut l'impression que son cœur cessait de battre.

« Oh ! fit-elle. Je n'arrive pas à croire que nous

touchions au but. Comment pourrons-nous jamais assez remercier Pansitimba ? »

Mapohni traduisit à son compatriote la joie des jeunes filles. Il sourit et répondit que, profondément religieux, il refusait toute récompense : aider autrui en était une en soi — l'unique qui convenait à sa nature.

Alice le pria de bien vouloir au moins accepter de déjeuner avec eux. Le vieil Indien déclina l'invitation, disant qu'il n'avait pas l'habitude de manger à la manière européenne et n'appréciait pas les mets trop riches.

Avant de le laisser partir, Alice voulut qu'une question lui fût encore posée.

« Pansitimba semble avoir une vue perçante, dit-elle à Mapohni. Il a pu lire ce qui était gravé sur la plaque sans l'aide d'une loupe alors que, depuis des siècles, nul n'y était parvenu. Pourriez-vous lui demander comment cela se fait ?

— Je peux vous répondre moi-même, repartit le vieil Indien. Les descendants des Incas qui vivent dans les montagnes ont hérité d'une vue étonnante. Pansitimba est capable de discerner de tout petits objets et de lire des signes éloignés de près d'un kilomètre. »

Les jeunes filles étaient muettes d'admiration — et ce fut avec une certaine tristesse qu'elles dirent adieu à l'Indien inca.

Le lendemain matin, de bonne heure, elles reprirent la direction de Lima. Au cours du voyage, elles se gardèrent de parler en public de ce qui les préoccupait. À Cuzco, première étape sur le chemin du retour, elles remercièrent du fond du cœur

Mapohni de son extraordinaire complaisance et lui promirent de le tenir au courant de la suite de leurs aventures.

Elles n'étaient pas sans inquiétude et ne cessaient de regarder autour d'elles pour s'assurer que Luis Llosa ne les suivait pas.

« As-tu l'intention d'appeler le commissariat de police dès que nous serons rentrées chez les Ramirez ? » demanda Marion à son amie.

Alice secoua la tête.

« Non. J'irai d'abord rapporter sa lime à M. Velez et lui demander s'il a revu son employé. »

À Lima, les jeunes filles prirent un taxi et se firent conduire à la boutique du sculpteur sur bois. M. Velez les accueillit avec un plaisir manifeste. Toutefois, le récit qu'elles lui firent de leurs péripéties amena des rides sur son front. Il déclara être sans aucune nouvelle de Luis Llosa.

« J'ai également constaté la disparition de plusieurs dessins qui me servaient de modèles, dit-il. Luis les aura emportés. »

Soudain une idée traversa la tête d'Alice.

« Me permettriez-vous d'inspecter l'établi de votre aide ?

— Certainement. »

Il les fit passer dans l'atelier. Alice examina la lourde planche, les étaux dont se servait l'employé indélicat, ouvrit les tiroirs l'un après l'autre. Le troisième retint son attention, il lui paraissait moins profond. Elle le sortit complètement et vit qu'il avait été renforcé par une planchette qu'elle fit sauter à l'aide d'une lime : des enveloppes apparurent.

Alice en prit une : elle portait l'adresse de Luis Llosa à Lima.

Le nom de l'expéditeur et son adresse étaient écrits au dos de l'enveloppe.

« Regarde ! s'écria-t-elle en la tendant à Carla.

— Harry Wallace ! fit la jeune Péruvienne. Celui qui a essayé de t'arracher le disque gravé à River City ! »

Tandis que Marion racontait cet incident à M. Velez, Alice déplia une des lettres et la lut. Elle commençait par « Mon cher El Gato », le signataire disait ensuite que l'envoi était arrivé à bon port et félicitait son correspondant de l'habileté avec laquelle il avait fait parvenir la commande.

Alice se tourna vers M. Velez.

« Saviez-vous, monsieur, que Luis portait le surnom d'El Gato ?

— Non, je l'ignorais.

— Il est recherché par les polices internationales, reprit Alice.

— Je vais tout de suite téléphoner au commissariat, déclara M. Velez, et leur faire part de votre découverte. »

Il s'éloigna. Alice continua ses investigations dans l'espoir de faire une nouvelle trouvaille intéressante.

Sa persévérance fut récompensée ; sous l'établi, elle décela un compartiment secret : il contenait un couvert à salade. Surprise, elle le tourna et le retourna dans ses mains.

« Tiens ! fit Bess, il est en bois d'arrayán.

— Je parie que les manches sont creux », ajouta Marion.

Alice essaya de les dévisser et y parvint, non sans peine. Les amies se penchèrent et virent une fine poudre blanche.

Au même moment deux inspecteurs entrèrent, précédés de M. Velez — qui leur présenta les jeunes filles et leur dit quel était leur rôle dans l'affaire.

Alice tendit le manche de la fourchette à salade à l'un des inspecteurs.

« El Gato doit se livrer à la contrebande », dit-elle.

L'inspecteur flaira la poudre.

« J'ignore ce que c'est, déclara-t-il. Je vais l'emporter au laboratoire et demander qu'on en fasse l'analyse d'urgence. »

Comme il achevait ces mots, Marion jeta par hasard un coup d'œil vers la fenêtre ouverte. Elle vit une tête se dresser au-dessus du rebord et reconnut le visage haineux de Luis Llosa !

Elle n'eut pas le temps de crier. Le misérable lança dans l'atelier une bombe dont la mèche était amorcée.

« Couchez-vous ! » hurla Marion.

Aussitôt, ils s'aplatirent au sol. La bombe heurta l'établi de Luis et explosa. Éclats de bois, débris de verre, pots de vernis, seaux de peinture volèrent dans toutes les directions.

Quand la fumée se fut dissipée, Alice, ses amies, les inspecteurs et l'infortuné propriétaire du magasin se relevèrent prudemment.

Marion tendit le bras vers la fenêtre.

« C'est Luis Llosa qui a jeté cette bombe, dit-elle, je l'ai vu. »

À ces mots, les deux inspecteurs se précipitèrent dans la rue.

« Quelqu'un est-il blessé ? » demanda Alice. Par chance, la bombe n'était pas puissante ; ses victimes ne souffraient que d'égratignures et de contusions légères.

Bess, cependant, donnait les signes d'une inquiétante nervosité. Avec une voix tremblante, elle bégaya :

« Oh ! Alice ! Il l'a lancée en plein dans ta direction. Si... si... tu ne t'étais pas jetée par terre... tu aurais été tuée ! »

Et elle éclata en sanglots. Carla et Marion l'entourèrent et eurent les plus grandes peines à la calmer.

Alice, silencieuse, réfléchissait. Elle ne croyait pas avoir couru un danger aussi sérieux que se le figurait son amie ; au reste elle s'inquiétait rarement pour elle-même. Ce qui la préoccupait davantage, c'était de connaître la raison de cet attentat. Après avoir passé en revue diverses hypothèses, elle en vint à la conclusion que Luis avait voulu détruire des preuves accablantes. C'était son établi qu'il visait et non pas elle.

« Il nous aura suivies depuis l'aéroport avec la bombe, dit-elle. Il guettait notre arrivée à Lima depuis son coup manqué de Machu Picchu.

— Pourvu que les inspecteurs l'attrapent ! répondit Carla, encore blanche de peur. Aucune de nous ne sera en sécurité aussi longtemps qu'il restera libre. »

Elle raconta à M. Velez les détails qu'il ignorait

concernant toute l'affaire et lui parla du chat rouge peint sur la roche à Sacsahuamán.

« Quel abominable individu ! » déclara M. Velez avec conviction.

Tout en parlant, il avait pris le manche de la fourchette, abandonné par l'inspecteur de police.

Il fit tomber un peu de poudre dans sa main, la porta à ses lèvres et il s'apprêtait à la goûter de la pointe de la langue quand Alice l'arrêta.

« Non ! Je vous en prie, s'écria-t-elle. C'est peut-être du poison. Laissez à la police le soin d'identifier ce produit. »

Chapitre 18

Un drôle de chimiste

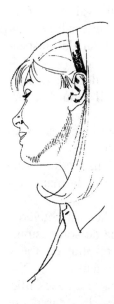

M. Velez suivit ce sage conseil. Il reposa le manche de la fourchette sur l'établi. Alice dévissa l'autre manche, celui de la cuiller ; il contenait également une fine poudre blanche.

« Il serait intéressant de savoir quelle quantité de ce produit Luis Llosa a expédiée, dit-elle. Dès que les inspecteurs seront revenus, je leur suggérerai de se mettre aussitôt en rapport avec les autorités judiciaires de New York et avec les fonctionnaires des douanes.

— Autrement dit, tu soupçonnes Harry Wallace de se livrer à des activités louches, du genre contrebande ? » conclut Marion.

Alice acquiesça de la tête.

À ce moment, les inspecteurs revinrent avec une mauvaise nouvelle. Luis Llosa leur avait échappé.

« Vous le trouverez peut-être à cette adresse, dit Alice en tendant une enveloppe à un des inspecteurs.

— Ce n'est pas celle qu'il m'a donnée lorsque je l'ai engagé, intervint M. Velez. Il a dû déménager depuis.

— Ce doit être un sport qu'il pratique assez souvent, commenta ironiquement Alice.

— Ne vous inquiétez pas, mademoiselle, dit un inspecteur. Tôt ou tard nous mettrons la main dessus. »

Son camarade revissa les manches du couvert à salade et les glissa dans une poche de son veston.

« Quand nous aurons reçu le résultat de l'analyse, dit-il, nous vous le ferons connaître. »

Après le départ des inspecteurs, les jeunes filles rentrèrent en taxi chez les Ramirez. Les parents de Carla furent tour à tour surpris et effrayés en écoutant le récit de leurs récentes aventures.

« Cela ne peut continuer ainsi, dit enfin M. Ramirez. Je préférerais que vous partiez toutes les quatre d'ici pour n'y revenir que lorsque ce misérable aura été mis sous les verrous. »

Alice saisit l'occasion et parla d'un projet qu'elle

nourrissait depuis la veille : visiter la vallée de Nazca.

M. Ramirez parut enchanté.

« Je vais organiser une excursion et nous camperons au pied des dunes, dit-il.

— Oh ! quelle chance ! Merci ! » s'écrièrent en chœur les jeunes filles.

Le père de Carla précisa que sa Société possédait également un hélicoptère de transport.

« Je demanderai qu'il soit mis à notre disposition pour deux ou trois jours. Il conviendra mieux que l'avion car il pourra se poser n'importe où dans le désert. »

La perspective de cette nouvelle expédition faisait rayonner de joie le visage des jeunes filles. Celui d'Alice reflétait une certaine fébrilité : elle pressentait que le secret du disque gravé allait enfin lui être dévoilé.

Mme Ramirez remit à ses jeunes invitées des lettres arrivées en leur absence. Alice en avait une de son père, une de Sarah et une de Ned. Celui-ci demandait des nouvelles du singe à la queue écourtée.

Alice se mit à rire en lisant ce mot, puis, soudain, son visage s'éclaira.

« Suis-je bête de n'y avoir pas pensé plus tôt ! Les lignes en spirale gravées sur l'autre face du disque représentent l'extrémité de la queue du singe ! »

Elle alla chercher l'objet mystérieux, le posa sur une table ; elle constata alors que la seconde partie de la queue coupait la ligne verticale formée par les lettres et se terminait au centre du disque.

« Il faut que nous survolions le désert, dit-elle. Quand nous aurons découvert le singe qui est reproduit ici, nous établirons notre campement à l'endroit indiqué par la pointe de la queue. Et nous entreprendrons des fouilles à partir de là. »

Le même soir, après le dîner, les Ramirez et leurs invitées s'entretinrent longuement. M. Ramirez annonça qu'il avait fait les démarches nécessaires auprès des autorités gouvernementales et pris toutes dispositions pour ce voyage. Le départ aurait donc lieu le lendemain matin, de bonne heure.

« Nous vous accompagnerons, ma femme et moi, dit-il aux jeunes filles. Il est grand temps que nous visitions ce site célèbre. Nous aurons comme pilote Ernesto Monge, et comme second pilote Canejo. »

Mme Ramirez sourit.

« J'avais proposé d'emmener ma cuisinière et de m'occuper des vivres, déclara-t-elle, mais la Société a tenu à s'en charger. Elle a engagé un steward, Rico, qui est un excellent chef.

— Nous emporterons des pelles et des pioches pour creuser le sol, reprit M. Ramirez, et... »

Il fut interrompu par la sonnerie du téléphone. C'était la police. M. Ramirez s'entretint longuement avec un inspecteur. Alice brûlait d'impatience de connaître les nouvelles.

« La poudre trouvée dans les manches des couverts à salade, dit M. Ramirez après avoir raccroché, est de la quinine. El Gato la fait passer en fraude à un chimiste malhonnête qui possède un laboratoire pharmaceutique. Avec cette quinine, il fabrique un médicament miracle qu'il vend sous le manteau à des personnes crédules. C'est inoffensif, fort heureusement. Ce chimiste, Harry Wallace, retire la poudre des manches puis vend les couverts en bois précieux à des prix exorbitants. Pour se couvrir, il écoule également sur le marché des articles en bois de queñar ordinaire que lui expédie Luis Llosa.

— Quel trafic honteux ! s'exclama Bess. Ces hommes sont ignobles !

— La police pense, en outre, que Luis a des complices dans tout le pays. Ceux-ci voleraient pour son compte des objets d'art anciens et modernes qu'Harry Wallace écoulerait aux États-Unis.

— Comment la police péruvienne a-t-elle découvert ce trafic de contrebande ? voulut savoir Mme Ramirez.

— Grâce à Mlle Roy, répondit en souriant M. Ramirez. Le commissaire a pris contact avec les autorités judiciaires des États-Unis. Des inspecteurs de police ont effectué une perquisition à l'adresse portée sur les enveloppes trouvées par Alice : Harry Wallace y était et les preuves de sa culpabilité aussi... Ils l'ont donc appréhendé et interrogé. Actuellement, il est gardé à vue en attendant l'instruction.

— Et Luis Llosa ? demanda Alice. L'a-t-on retrouvé ?

— Hélas ! non.

— Maintenant que son correspondant est en prison, intervint Bess, il va se terrer quelque part et nous laisser en paix.

— Ne sois donc pas aussi sotte ! gronda Marion. Au contraire, rendu furieux, il nous en voudra plus que jamais. »

Alice partageait cet avis et s'inquiétait de ce qu'allait entreprendre cet individu sans scrupule.

M. Ramirez reprit la parole :

« J'allais oublier de vous dire que M. Benavides, archéologue de réputation mondiale, se joindra à nous. »

Il était tard. M. Ramirez se leva et, gentiment, invita les jeunes filles à se coucher vite afin de bien se reposer avant cette nouvelle expédition.

Après une excellente nuit, trop courte au gré de Bess, et un petit déjeuner rapide, le groupe se rendit au terrain d'aviation. À la vue de ses futurs compagnons de voyage, tous beaux et souriants, Bess se recoiffa et prit une pose gracieuse. Très amusées, Alice et Marion échangèrent un clin d'œil malicieux.

« Le voyage s'annonce bien pour Bess », se dit Alice, contente à la pensée que son amie oublierait ses craintes, et sachant parfaitement que la coquetterie de Bess n'était que superficielle.

L'hélicoptère s'éleva avec grâce et prit la direction du désert de galets qui s'étend au sud du Pérou. Deux heures plus tard, Ernesto, le pilote, annonçait qu'ils approchaient de la vallée de Nazca. Aussitôt tous regardèrent au-dessous d'eux.

« Oh ! voyez ce géant ! » s'écria Bess.

Elle désignait la silhouette d'un homme dessinée sur le sol.

« Il mesure près de trois cents mètres de longueur, lui apprit Canejo.

— Un poisson ! fit Carla. Une route le traverse !

— En effet, répondit Canejo. Lors de sa construction on ne s'était pas aperçu que ces lignes qui sillonnent le désert formaient des figures géantes.

— Tiens ! Un singe étendu sur le dos ! s'exclama Alice.

— Il est très beau, dit Mme Ramirez, mais il ne ressemble pas à celui qui est gravé sur notre disque. »

Les passagers de l'hélicoptère étaient fascinés par ces longs traits qui s'entrecroisaient comme des routes, s'enroulaient parfois en spirale ou reproduisaient d'immenses oiseaux.

« C'est un des spectacles les plus extraordinaires qu'il m'ait été donné de contempler, dit M. Ramirez.

— Oui, il est unique, approuva chaleureusement M. Benavides. Et l'origine de ces dessins reste mystérieuse. Pourquoi les Indiens ont-ils tracé ces figures gigantesques ? C'est une question à laquelle les archéologues n'ont pas encore pu répondre. »

Tout à coup, Bess poussa un cri et, indiquant du doigt la direction, bégaya presque :

« Là !... Là !... Notre singe... à la queue en spirale ! »

Chapitre 19

La momie

Tous regardèrent le singe. Aucun doute n'était permis. Aguilar l'avait reproduit avec une remarquable précision.

Carla pria le pilote de continuer à survoler la figure.

Ernesto traça plusieurs cercles au-dessus de l'emplacement. M. Ramirez lui demanda ensuite d'atterrir.

« Oh ! s'écria Marion. Un chat ! Il me rappelle Luis Llosa. »

Tournant la tête vers elle, Ernesto questionna :

« Vous avez dit Luis Llosa ?

— Oui.

— C'est étrange ! Il y a quelques années, quand je faisais mon apprentissage de pilote, j'ai connu un Luis Llosa. Il avait un chat tatoué sur le bras. »

Alice voulut en savoir davantage.

« Luis était un excellent parachutiste mais un fauteur de troubles comme il y en a peu. Si bien qu'il a fini par se faire renvoyer. Je n'ai plus jamais entendu parler de lui. Le connaissez-vous ?

— Oui, pour mon malheur ! » répondit vivement Alice.

Et elle résuma les faits.

« Si vous le rencontrez par hasard, prévenez aussitôt la police », acheva-t-elle.

Ernesto promit de le faire. Il posa l'hélicoptère près de la queue du singe comme Alice le désirait. Les passagers descendirent.

« Quelle chaleur ! » soupira Bess.

M. Benavides lui apprit que, dans ce désert, la température variait très peu. On ne tardait pas à s'y accoutumer.

« Si parfois, à l'aube, une brume légère couvre le sol, jamais il ne pleut, ni ne vente », ajouta-t-il.

L'archéologue ne les avait pas trompés. Bientôt la chaleur ne les incommoda plus. On dressa les tentes, puis on sortit les outils de travail. Les jeunes filles voulaient se mettre aussitôt à la besogne. M. Ramirez calma leur impatience.

« Nous allons d'abord déjeuner et nous reposer à l'ombre des auvents. Quand le soleil sera moins haut, alors seulement nous commencerons les fouilles. »

Au cours du repas, la conversation fut animée, les sujets ne manquaient pas. Où creuser ? se demandait chacun. On avait formé les figures géantes dans le sol en retirant la couche supérieure des galets et en les entassant sur les côtés des larges sentiers ainsi tracés.

Alice inclinait à croire qu'il fallait creuser autour de la pointe de la queue ; selon elle c'était là que reposait le trésor — si trésor il y avait. M. Benavides qui assumait la direction des fouilles préféra les entreprendre à l'endroit où la queue amorçait une spirale.

« Puisque le singe est dessiné sur une face du disque et presque toute la queue sur l'autre, fit-il remarquer, ce n'est pas sans raison. Aguilar a sans doute voulu indiquer que la clef du mystère se trouvait à l'endroit où les deux tronçons devraient se joindre. »

Étant donné l'écart qui séparait les deux sentiers marquant les contours de la queue, il répartit les travailleurs en deux groupes. Chacun se mit à l'œuvre avec ardeur. Sans le bruit des outils sur le sol pierreux, on n'aurait pas entendu un son.

La couche supérieure de graviers avait près de cinq centimètres d'épaisseur. Elle recouvrait une strate de pierre brunâtre. La composition du terrain était telle que si Aguilar avait enfoui quelque chose, comme Alice le supposait, ce ne pouvait être à une grande profondeur. Chaque terrassier improvisé progressait le long des voies après avoir fait un trou d'environ soixante centimètres. Les heures passaient sans amener aucun résultat.

« C'est décourageant ! » gémit Bess.

À six heures, M. Ramirez décida d'arrêter le travail. Juste à ce moment, sa fille s'écria :

« Venez voir ! J'ai trouvé une momie !

— Une momie ! » répéta sa mère, stupéfaite.

Laissant tomber pelles et pioches, tous se précipitèrent à l'emplacement où Carla creusait. Elle n'avait mis au jour que la tête, très bien conservée. Vivement, les hommes aidèrent à dégager le corps, toujours enveloppé de ses habits. En raison de la sécheresse du climat, la momie était intacte.

« Ce n'est pas celle d'un Indien, dit M. Benavides après avoir examiné le visage, mais d'un homme de race blanche. »

Le costume dont il était revêtu indiquait en outre qu'il s'agissait d'un explorateur espagnol.

« Celui qui l'a enterré l'a fait avec une grande habileté et un grand respect », observa l'archéologue.

Tandis qu'il parlait, Alice réfléchissait intensément.

« Croyez-vous, monsieur, dit-elle en se tournant vers M. Ramirez, que ce puisse être votre ancêtre Aguilar ? »

Surpris, M. et Mme Ramirez se regardèrent. Ils convinrent que ce n'était pas impossible. On pouvait supposer qu'il avait été embaumé et mis en terre par son fidèle compagnon.

L'archéologue continuait à étudier la momie. Soudain il se pencha et, avec de grandes précautions, déboutonna le justaucorps. Un morceau de papier sortait de la poche intérieure.

« Je n'ose y toucher, dit-il, je crains qu'il ne tombe en poussière.

— Il faut en accepter le risque, répondit M. Ramirez. Nul plus que vous ne possède l'habileté nécessaire à ce genre d'opération. »

L'archéologue était habitué à des fouilles difficiles et procédait toujours avec un soin méticuleux. Les jeunes filles admirèrent sans réserve son adresse. À l'aide de pinces, il sortit le papier et le déplia. L'écriture qui le couvrait était encore lisible.

M. Ramirez déchiffra en silence quelques lignes puis déclara :

« C'est un document militaire espagnol établi au nom de notre ancêtre Renato Aguilar. »

Chacun regarda avec respect le corps embaumé de l'artiste.

« Nous allons l'enterrer de nouveau à cet endroit qu'il aimait et avait sans doute choisi pour dernière demeure. »

Quand la brève cérémonie fut achevée, tous ramassèrent leurs outils et, pensifs, regagnèrent les tentes. Rico servit bientôt le dîner.

« J'ai une faim d'ogre, annonça M. Ramirez. Il y a longtemps que je ne m'étais livré à un pareil travail. »

Avant de s'endormir ce soir-là, les jeunes filles conversèrent longuement.

« Aguilar est venu enfouir son trésor ici, j'en suis plus que jamais convaincue, affirma Alice. Il n'aura pas osé le confier à son serviteur, de crainte que celui-ci ne soit attaqué en chemin par des bandits.

— Il ne se doutait guère que sa famille mettrait aussi longtemps à déchiffrer un rébus qui lui paraissait clair », ajouta Marion.

Dès l'aube, les campeurs gagnèrent les emplacements que M. Benavides leur avait assignés. Ils n'eurent pas le temps de se mettre à l'œuvre. Un bruit de moteur leur fit lever la tête : un avion approchait à basse altitude.

Comme ils le regardaient avec une sourde inquiétude, une trappe s'ouvrit, un parachutiste sauta et toucha terre à peu de distance des tentes. Un autre le suivit, et encore un autre. Bientôt ils furent six. Rapidement ils se débarrassèrent de leurs harnais et coururent vers M. Ramirez.

Le chef, un homme mince, aux cheveux et à la barbe noire, dit d'un ton brusque :

« Je vous arrête au nom du gouvernement péruvien. Montez dans l'hélicoptère, mes hommes vous accompagneront jusqu'à Lima. »

Alice et ses amis n'en croyaient pas leurs oreilles. Que se passait-il ?

« Le gouvernement nous a accordé l'autorisation de procéder à des fouilles, protesta M. Benavides.

— Pas de discussion ! Laissez tout sur place et embarquez dans l'hélicoptère. »

Les yeux noirs au regard cruel de l'homme rappelèrent à Alice ceux de Luis Llosa. Elle se glissa vers le pilote et le copilote et leur fit part de ses soupçons. Aussitôt ils bondirent et immobilisèrent l'intrus.

« Nous allons voir si tu n'as pas un chat tatoué sur le bras, dit Ernesto.

— Et si ta barbe n'est pas postiche, ajouta Canejo.

— Laissez-le ! » aboya un compagnon du suspect.

Au même moment, celui-ci réussit à se libérer et porta un violent coup de poing à Ernesto. Comme à un signal, les autres parachutistes se jetèrent sur les pilotes et sur Rico.

M. Ramirez s'interposa et d'une voix forte voulut ramener le calme.

Un parachutiste, d'une taille impressionnante et d'une force peu commune, saisit Alice dans ses bras et l'emporta vers l'hélicoptère en criant :

« Si vous n'obéissez pas, j'emmène cette jeune fille en otage ! »

Chapitre 20

L'imposteur démasqué

« Alice ! Alice ! » hurla Bess.

Entre-temps, Ernesto avait réussi à se dégager. Il courut au secours de la jeune fille et, d'une adroite prise de judo, il envoya son agresseur rouler à terre.

Les parachutistes ne s'étaient visiblement pas attendus à une aussi forte résistance.

Au cours de la lutte, la perruque et la barbe de Luis Llosa furent arrachées, une de ses manches déchirée et tous purent voir un chat tatoué sur son avant-bras.

Mettant à profit une seconde d'inattention de Canejo, il se rua vers l'hélicoptère.

« Rattrape-le ! cria Bess à sa cousine. Il ne faut surtout pas qu'il s'échappe. »

Marion n'hésita pas une seconde. À la vive surprise de Luis, elle parvint à le rejoindre et, appliquant avec succès ses leçons de judo, elle le plaqua au sol. Malgré sa frayeur, Mme Ramirez, elle-même, ne put s'empêcher de rire.

Alice alla prêter main-forte à ses amies tandis qu'Ernesto repartait à l'attaque des autres parachutistes qui hésitaient, déconcertés par la tournure prise par cette véritable bataille.

Luis Llosa se remit debout, non sans peine, et leva les bras en l'air.

« Cessez le combat ! » cria-t-il à ses compagnons.

Aussitôt, tous s'immobilisèrent et le malfaiteur fit face aux Ramirez et à leurs amis pour leur dicter la conduite qu'il espérait encore imposer.

« Ne bougez pas et écoutez-moi. Nous vous laisserons tranquilles si vous faites ce que nous vous dirons. Mes amis et moi, nous allons monter dans votre hélicoptère et nous enverrons quelqu'un vous chercher.

— Quel toupet ! protesta Marion. Nous prend-il pour des imbéciles ? La ruse est vraiment trop grossière. »

Alice fit un pas en avant et s'adressa aux compagnons de Luis Llosa.

« Saviez-vous que cet homme est un voleur, traqué par la police internationale ? »

La colère fit étinceler les yeux de Luis.

« Ne croyez pas un mot de ce qu'elle dit », hurla-t-il.

Mais les parachutistes ne l'écoutèrent pas. Ils s'écartèrent de lui.

« Nous l'ignorions, dit l'un d'eux. Il a prétendu que le gouvernement l'avait chargé d'une mission dans ce désert : déterrer un trésor.

— Et que vous vouliez vous en emparer et le vendre à un pays étranger », ajouta un autre.

Luis les dévisagea à tour de rôle et ne vit sur leurs traits que du mépris.

« C'est bon, j'ai perdu la partie, dit-il. Je vais vous raconter mon histoire et puis je m'en irai. »

Alice réprima un sourire. Elle venait de voir Ernesto monter à bord de l'hélicoptère. Sans nul doute il allait envoyer un message radio à la police fédérale.

« Oui, je suis El Gato, chef d'une bande de contrebandiers internationaux. Déjà, à cause de cette jeune intrigante, plusieurs de mes hommes sont en prison. »

Il s'était tourné vers Alice en disant ces mots.

Carla voulut savoir pourquoi il se servait de bois d'arrayán.

« Parce qu'ainsi je pouvais expédier des couverts différents des autres. En déballant les caisses, Wallace les mettait aussitôt de côté et retirait la quinine que j'y avais introduite. »

En réponse à une autre question, il dit que c'était un de ses complices, Sanchez, qui avait poussé un bloc de rocher vers Alice.

« Et le disque gravé ? demanda Marion. Comment avez-vous appris son existence ?

— Par le plus grand des hasards. Je me suis trouvé dans un restaurant près de M. et Mme Ramirez au moment où ils en parlaient. Si un jour quelqu'un réussissait à comprendre le sens des dessins qui l'ornaient, disaient-ils, cela conduirait peut-être à la découverte d'un trésor. Ils regrettaient de l'avoir confié à leur fille. »

Le misérable ajouta qu'il avait aussitôt échafaudé un plan qui, sans Alice, aurait été exécuté.

« J'ai eu de la malchance aussi. Un jeune Indien m'a fait faux bond, terrorisé par le tremblement de terre qui s'est produit à Cuzco, et à Machu Picchu, un de mes hommes n'a pas exécuté les ordres que je lui avais donnés. »

Il regarda Alice avec colère et ajouta :

« Être battu par une fille ! Quelle honte pour moi ! »

Alice et ses amies s'abstinrent de lui poser d'autres questions. Les inspecteurs de police s'en chargeraient ; d'ailleurs ne connaissaient-elles pas la suite ?

Un hélicoptère apparut dans le ciel ; peu après il se posait. Des policiers en uniforme descendirent vivement et firent monter à bord Luis et ses compagnons.

Lorsque l'appareil eut repris l'air, Alice et ses amies voulurent se remettre aux fouilles sans tarder. M. Benavides les fit creuser, cette fois, à l'emplacement conseillé la veille par la jeune détective. Les hommes enfoncèrent leurs pelles et leurs pioches à l'extrémité de la queue du singe. Soudain, ils rencontrèrent une couche plus molle.

M. Ramirez les fit arrêter, prit une truelle et la donna à Alice en disant :

« S'il y a un trésor, c'est à vous que revient l'honneur de le mettre au jour. »

Alice s'agenouilla au bord du trou et travailla quelque temps en silence. Soudain, elle s'écria :

« Je sens un objet dur. »

Tous se pressèrent autour d'elle. Avec une brosse que lui tendit l'archéologue, elle nettoya un espace de près de quarante centimètres carrés.

« De l'or ! fit Bess. Je suis sûre qu'il y a de l'or.

— N'as-tu pas honte d'être aussi matérialiste ? » plaisanta Marion.

Enfin Alice dégagea un coffret mesurant environ trente-cinq centimètres de longueur sur trente centimètres de largeur et vingt-cinq centimètres de profondeur. Le couvercle était étroitement ajusté et il fallut recourir à des instruments très fins pour le dégager un peu.

« À vous de l'ouvrir, Alice », dit M. Ramirez.

La jeune fille était très émue. Elle hésita puis, prenant une profonde aspiration, elle souleva le couvercle. Le silence le plus complet régnait.

« Quelles merveilles ! » s'écria Mme Ramirez à la vue de plusieurs bijoux et statuettes en or datant de l'époque inca.

Un singe à la queue en spirale retint l'attention de tous.

« C'est une collection inestimable ! » s'exclama M. Benavides, les yeux brillants de joie.

Au fond de la boîte, Alice vit des feuilles de parchemin pliées en quatre. Elle les sortit.

L'archéologue les examina avec soin. Sur l'une d'elles, il y avait un grand dessin. En haut, à gauche, quelques mots étaient à demi effacés.

Alice réussit à les déchiffrer.

« C'est Machu Picchu, la cité sainte, telle qu'elle était avant sa destruction, dit-elle.

— Comme elle devait être belle, fit M. Ramirez.

— Oh ! Regardez, dit Marion. Voici le portrait du chef inca qui gouvernait la cité au temps de votre ancêtre. »

M. Benavides était aux anges ; passionné d'archéologie, il songeait qu'un grand pas en avant venait d'être accompli dans la connaissance d'une civilisation ancienne.

« C'est la plus grande découverte du siècle ! » s'écria-t-il, emporté par l'enthousiasme.

Tous se mirent à parler ensemble. À qui appartenait ce trésor ? Aux Ramirez ou au gouvernement péruvien ?

« Peu importe ! déclara M. Ramirez, d'un ton ferme. Ces objets doivent être offerts à l'admiration du monde entier, donc conservés dans un musée. »

Cette déclaration enchanta l'archéologue.

« Pauvre Aguilar ! dit Bess. Sur le point de mourir, et comprenant que jamais il ne reverrait les siens, il aura voulu leur faire savoir où il avait caché ce trésor.

— Tu as sans doute raison, approuva Alice. Après l'avoir enfoui à cet endroit, il a gravé sur le disque de bois les indications qui permettraient de le retrouver.

— Comme il serait heureux de savoir que nous y sommes parvenus, et que ces merveilles susciteront l'admiration des foules. »

Chacun félicita Alice. Mme Ramirez la serra dans ses bras. Rêveuse, la jeune fille songeait au lendemain. Connaîtrait-elle encore une aventure aussi passionnante que celle qui s'achevait dans ce désert si beau ?

Table

1. — Le singe à la queue tronquée	5
2. — Une savante prise de judo	14
3. — Curieuse annulation	23
4. — Une aide inattendue	32
5. — Une dangereuse monture	39
6. — Une commerçante aimable	47
7. — Nouveau défi	54
8. — La belle Espagnole	61
9. — Un nouvel indice	68
10. — Le balcon grillagé	76
11. — La Cité d'Or	86
12. — Un espion en herbe	94
13. — El Gato	101
14. — L'alpaga	108
15. — Une lime révélatrice	114
16. — Les pierres sacrées	120
17. — Habile contrebande	127
18. — Un drôle de chimiste	135
19. — La momie	142
20. — L'imposteur démasqué	149

Composition *Jouve* – 53100 Mayenne

Imprimé en France par *Partenaires-Livres* ®
N° dépôt légal : 7525 - novembre 2000
20.07.0357.2/03 ISBN : 2.01.200357.5

Loi n° 49-956 du 16 juillet 1949
sur les publications destinées à la jeunesse